ハヤカワ文庫JA
〈JA1327〉

グリフォンズ・ガーデン

早瀬　耕

早川書房
8172

グリフォンズ・ガーデン

PRIMARY WORLD

ゆめを見ていたのに気づいたのは、旅客機が北海道の上空に差し掛かってからだった。

「まだ、雪が残っているんだね」

由美子《ゆみこ》が、窓に顔を寄せて言う。ぼくは、客室の気圧が上がっていくのを感じながら、ゆめのおさらいをしていた。

「ぼくは、だいぶ寝ていた?」

「うん、一時間くらい。羽田を発って、すぐに寝息をたてていた」

『当機は、まもなく新千歳空港に着陸いたします。地上からの報告によりますと、新千歳空港の現在の天候は快晴、気温は四度……』

ぼくは、リクライニング・シートを起こして、何度か頭を振ってみる。

「寝違えたの?」

「ううん、ゆめを見ていた。天然色のゆめだった」

客室の中央にあるスクリーンに、彼方の滑走路が映し出される。

「どんなゆめ?」

「どこかの博物館で、フーコーの振り子があるんだ。ドーム状の天井はプラネタリウムになっている。案内の女性が『これは人間の意識を再現したものです』って説明してくれた」

「面白そうな博物館。一緒に行きたかったな」

スクリーンの中央で誘導灯が輝いている。

「ゆめを見ているっていう実感がなくて、ずっと現実だと思っていた」

「入館料、ちゃんと払った?」

ぼくは笑った。

「忘れた」

客室の空気が強く攪拌されて、地面の感触が座席に伝わる。耳の中でへこんだ空気が鼓膜を刺激する。人間であるぼくがコンピュータの気持ちを代弁するのはおかしいけれども、磁気ディスクや磁気テープが初期化される感じは、こんなものだろう。わずかな時間、すべての音がかき消された後、ゆっくりと客室の喧騒が戻ってくる。

『当機は定刻どおり新千歳空港に着陸いたしました。本日は、日本エアシステムをご利用いただき、誠にありがとうございます……』

「由美子は、ゆめの中で知らない人に出会ったことがある？」

「うーん、どうかなぁ。あるような気もするけれど……、博物館を案内してくれた人のこと？」

「うん。しかも、名前まで決まっている」

「なんていう名前？」

「佳奈」

「カナン？」

「ううん、かな」

由美子が怪訝そうな顔をする。

「本当に知らない女性なんだ。着陸するまでの間、ずっと考えていた。高校のクラスメイト、快速電車でよく見かける女の人、セブン・イレブンの店員、みんな違う。でも、そのくせ、ひどく現実的なんだ。過去においてインプットされていない記憶みたいに」

名札をつけていたわけでもないのに、ぼくは、彼女の名前の漢字まで知っている。

「考えてみたら、ゆめで人の顔を見ていないかも……。これは誰々の映像だっていう情報が与えられるだけで、顔ははっきりしていない気がする」

由美子が、シートベルトを外しながら言う。

「そう言われると、そうかもしれない」

ぼくは、立ち上がって、二人分の荷物を降ろす。狭い通路を、スーツ姿の人たちが慣れた足取りで出口へ急ぐ。ドビュッシーの前奏曲集が、客室のざわめきを吸い込む。

「わたしたちも、そろそろ行こうよ」

「お忘れものはございませんか？」

客が引くのを待っていたスチュワーデスが、営業用の微笑みをこぼす。

「ええ、大丈夫です」

由美子は、先に歩き始めたぼくの左手をとる。

「過去にインプットされていない記憶ってあるかな？」

ベルトコンベアで運ばれてくる荷物を待ちながら、由美子が言う。

「どうだろうね……」

「そうだとすると、未来においてインプットされるだろう記憶になるんだよ」

「違うと思う。未来においてインプットされた記憶だ」

「未来において、されたた？」

由美子が、矛盾を指摘する。

「記憶はすでにされたもののことを言うから、そうなると思わない？」

「でも、『未来』と『すでにされた』を並列することは、アリストテレスの無矛盾律から逸脱するよ」

「それを言うなら、未来と記憶だって並列できない」

到着ロビーへの自動扉が開いて由美子を振り返ると、彼女は楽しそうに笑っていた。

「どうしたの？」

「わたしたちったら、こんなときにも議論をしているんだもの。知らない街の空港でアリストテレスなんて、素敵だと思わない？」

ぼくは、案内板を見上げながら笑った。

——*Future Memories*

彼女のうなじにあてた右手の甲を、夏風のような髪がすべり落ちていく。彼女のくちびるのやわらかさが、身体のどこでそれを感じているのか分からなくなって、ぼくのすべてを包み込んでいく。

公園の噴水の音、人々のざわめき、通りのクラクション、ヘリコプタの羽音。

彼女の心臓の鼓動が、ぼくの奥深くに伝わってくる。

瞬間のような短い時間で、抱えていた懐疑がペトリコールのように消えていく。永遠のように続いた気持ちに、腕の中の彼女がその存在を主張する。けれども、すでに彼女の顔立ちを思い出せない。

ぼくは、何も見えなくなって、何も聞こえなくなって、何も言葉にできなくなって、彼女が腕の中にいる現実だけが、残光のように記憶に焼きついていくのを感じていた。

―― *The Last Scene*

PRIMARY WORLD #1

「なんだか、変な気分」

由美子は、何もない居間の真ん中に座って、天井を見上げるようにして言う。

三日ほど不動産屋を回り、ぼくたちが選んだのは、植物園に面した集合住宅の七階の部屋だった。窓から流れ込む三月の風はまだ冷たく、肩の上で丁寧に切り揃えられた彼女の髪が、震えるようにその風にゆらいでいる。不動産屋で契約を済ませた帰りに買ってきた缶ビールを取り出して、二人分のプルリングを引き抜く。

「まずは、新しい生活に乾杯」

ビールをひと口飲むと、由美子は両腕で抱えた膝に視線を落としている。

ぼくは、都内の大学院で修士課程を修めた後、札幌のコンピュータ・サイエンスの研究機関に招かれて、由美子とともに生まれ育った街を離れた。

これから二人で生活する２ＬＤＫの部屋は、まだ現実感に欠けている。両親の目をぬすんで出掛けた旅行でホテルに着いたときの気分とも違っていたし、両親がいない夜に、彼女が家に遊びに来たときの気分とも異なっていた。何もない白い壁と、由美子のネイビーブルーのダッフルコートと、雪どけの灰色の街とのコントラストが、モノクローム写真のように、情報を削ってしまった奇妙な感覚を与える。

「物語の中にいるみたい」

しばらくして、由美子は、ぼくの隣に身体を移して言う。ダッフルコート越しに彼女の身体の温もりを感じる。ビールの缶に印刷された、これから二人で生活していく街の名前を見つめる。見慣れたブランドなのに、いま自分のいる街と同じ名前という事実が、さらに奇妙な気分にさせた。目を上げると、由美子は不安とさびしさが入り混じったような横顔をしていた。

ぼくは、彼女を眺めながら、二十四年間で手に入れてきたものを数える。

「家具とか食器とかの分担を決めなかったけれど、大丈夫かな」

由美子が言う。引っ越しの直前は、お互いの研究室の送別会やらで、ゆっくり会うのもままならなかった。

「ぼくは、両親が餞別代わりにワインを二ダース、荷物に入れてくれた」

「わたしたちの両親って、意外と気が合うね」

「由美子の両親は、ワイングラスをくれたの？」

「ううん、グラスは割れ物で不吉だからって、ワイン。つまり、明日には、四ダースのワインが届く」

「じゃあ、ワイングラスを買いに行かないとね」

「食卓は？」

「ライティング・デスクなら、実家のものを送った」

「わたしも……。このリビングに机を並べて、小さなオフィスみたいにする？」

「気が合うのも考えものだ。食卓を買いに行こう」

ぼくは、彼女の手をとって立ち上がった。

「幸せな物語になるといいね」

由美子が微笑む。

「もう、物語じゃなくて現実だよ」

ぼくは、物語の主人公のように、望んでいたものをひとつずつ手に入れてきた。やさしいガールフレンドと修士号と、これから訪れるだろう幸せな生活を。

「いつかは、あなたと一緒に暮らす日が来るんだろうって思っていた。ずっとそう信じていたけれども、なんだか信じられない。現実のような物語の中にいるみたい」

ぼくは、現実のような物語ではなく、物語みたいな現実にいる気分だった。


――*Reality Like A Fiction*

DUAL WORLD #1

ぼくは、西暦一九六八年六月四日、午前十時五十四分、両親のもとに第一子として生まれた。

今日は一九九〇年六月四日、月曜日で、郊外にある大学の本館三十二号教室で原価計算の講義を受けながら、二十二歳になるのを待っている。

出窓からは講堂前の広場が眺められ、それほど広くない教室に助教授の声が響いている。

「正常減損が、工程の始点あるいは中途で発生している場合、完成品と月末仕掛品の両方が正常減損費を負担しなければなりません。したがって、計算方法は……」

ロマネスク調の図書館、静かに時の流れをしらせる大時計……

十一月の学園祭では学生が馬鹿騒ぎをする小さな池、雨に濡れる日時計……

欅《けやき》の梢、走り梅雨、そら色の雨傘の下の黄緑色のポロシャツ……

遠い波の音を運ぶかすかな南風、様々な灰色を重ねた厚い雲……

雫にきらめく赤色のアルファ・ロメオ……

辞書から言葉を拾い上げるように、ぼくの世界が創られていく。
九十五分の講義を終わらせるチャイムが鳴って、ぼくは二十二歳になった。

――*Re-Initialization*

PRIMARY WORLD #2

北国の街に着いてから一週間が経って、ぼくは、勤め先となる新世代コンピュータ技術開発機構（略称ＩＣＯＴ）の研究施設に赴いた。森の中の舗装道路を五分ばかり車で走ったところに、白い下見板をはった守衛の詰め所がある。ぼくは、入構許可をもらいに車を降りた。東京で受け取ったファクシミリでは、ここで辞令を受ける所長室の場所を教えてもらえるとのことだった。詰め所では、制服の男と、学生と言っても差支えのない女性が談笑している。

「おはようございます」

ぼくは、緊張しながら、彼女たちの会話を中断させて、自分の名前を言った。

「おはよう。ずいぶん早いのね。所長はまだよ」

女性の方が、ぼくに応える。

「所長がいらっしゃるまで、ここで待っていてもいいですか？」

ぼくは、彼女は事務員なのだろうと思って、緊張をやわらげた。

「よかったら、研究所の中を案内しましょうか」

「そういったことが構わないなら、お願いします」

ぼくは、守衛から入構証を受け取って、彼女のために助手席のドアを開けた。どの方向に車を進めればいいのか分からなくて、彼女の指示を待つ。守衛所からは、森の中へ入っていく三つに分かれる舗装道路が見えるだけで、研究施設らしい建物はどこにも見えなかった。彼女は、そんなぼくにはお構いなし、といった感じで、手にしていたレポートをめくっている。

「ふーん、マスターでこのグリフォンズ・ガーデンに来るなんて、優秀なんだね」

「そうなんですか?」

そのレポートにはぼくのことが書いてあるらしい。

「まぁ、そうね。わたしも、博士課程のあと大学で一年過ごしてからだったけれど、それでも早い方だったもの。PhDをひとつも持っていない人は初めてかも」

「えーと……」

ぼくは中途半端な返事しかできない。

「自己紹介をしていなかった。こういうとき、名刺がないのは不便よね。君の上司になる主任研究員の藤野《ふじの》です。わたしも、去年、ここに来たばかりだから、上司というよりはトレーナーって感じだけれど、よろしくお願いします」

若く見えたというだけで彼女の立場を勘違いした自分に動揺して、差し出された右手の意味も、しばらく分からなかった。

「こちらこそ、よろしくお願いします」

「そんなにかしこまらないで、気楽にやりましょう」

「ええ」

「グリフォンズ・ガーデンにようこそ」

握手をしながら、彼女の歳を計算する。一年のオーバードクターを経験しているなら二十九歳前後だろう。主任研究員が、右の道へ進むように言う。

「ひとりで、札幌に？」

「ガールフレンドと一緒です」

ぼくは、ハンドルを握りながら、社会人として初めての上司からの質問に答える。

「彼女は、何をやっているの？」

「風邪をひいて、部屋で寝込んでいます」

「そういう意味じゃなくて、会社勤めとか公務員とか、っていう意味」

「言語学の博士課程です」

「ふーん。北大《ほくだい》？」

「ええ」

「ここの採用通知が届くのって、秋ごろでしょう？　彼女、よく間に合ったね」

「ぼくよりも優秀ですから」

ぼくは、路肩に雪の残る構内を、エヴリシング・バット・ザ・ガールの曲を聞きながら、ゆっくりと車を走らせた。

「ところで、風邪をひいたガールフレンドを放っておいて大丈夫なの？　電話をくれれば、明日でもよかったのに」

民間企業なら入社式の日に、そんなことは許されないだろう。

「ぼくの他には、今年度の採用者はいないんですか？」

「二年連続で採用者がいること自体、珍しいんじゃないかな……。そこを右に曲がって」

主任研究員が「わたしと君」と言うように順番に指差す。

しばらく車を進めて森が途切れると、茶色の壁に蔦《つた》がからまる研究棟が目の前にあった。

第五世代コンピュータ・プロジェクトがマスメディアに取り上げられるようになってからできた研究施設だと聞いていたので、その重厚で他者を威圧するような二階建てのチューダー調の建物を信じられなかった。

「どうしたの？」

車を降りて、壁にからまる蔦を見上げているぼくに、彼女は不思議そうな顔をする。

「こんな古い建物の中に最新のコンピュータがあるなんて想像していませんでした」

「ここは、日露戦争のころから陸軍の研究施設だったんですって。それに、ここにあるのは端末だけで、ホスト・コンピュータは別の研究棟にあるの」

戦前の軍部か財閥でもなければ、こういった贅沢な建築はできなかったろうと納得して、彼女に続いて車寄せのアーチをくぐった。アーチの上で翼をたたんだ怪獣の石像が、襲いかかってきそうな目付きでぼくを見下ろしている。石像には、蔦がからまっていなかった。

「日本がロシアと戦争をすることになったとき、寒冷地研究のために設立されたそうよ。まだ、北大が札幌農学校だったころの話。でも、第二次大戦中、この研究所では、生物兵器の研究が始められて、科学者たちは、ある日突然、軍部に反旗をひるがえしたんですって。彼らが、何を発見したのか、あるいは何を発明したのかは、いまだに分かっていない」

天井の高い回廊に、彼女の声と足音だけが響いた。回廊の柱の上には、ひとつずつ正体の分からない動物の頭が彫ってあって、中世の神学校のようだった。ぼくは、大理石の床をメトロノームのようにたたく彼女のパンプスの足音を追いながら、回廊を見まわす。廊下に連なる扉は、どれもしっかり閉じられていて、部屋の中に人がいる気配もなかった。

「陸軍と、その後にここを占拠したＧＨＱは、研究成果を奪うために、この研究所を壁の中まで探したって噂がある」

「でも、見つからなかった？」

「どうかな？　見つかっていたとしても、わたしたちにはそんな事実は教えてもらえないでしょうね」

「そうですね」

　ぼくは、旅客機の中で見たゆめを思い出す。博物館を案内してくれたのは、いま、隣にいる主任研究員だったかもしれない。

「もっとも、その軍人たちのおかげで、この研究所は半世紀も雨ざらしのまま放置されて、ＩＣＯＴでこの研究施設の話が持ち上がったとき、ネットワークの敷設で内装を壊す手間が省けたっていう落ちがつくけれど」

　回廊から奥まった廊下の突き当たりにある扉を押しながら、彼女が振り向いて微笑む。扉の向こうにはフーコーの振り子があってもおかしくないような雰囲気だったし、彼女の声はどことなく懐かしい。

「主任研究員って、もしかすると、佳奈っていう名前ですか？」

「違うけれど、どうして？　それと、主任研究員っていうのをやめてくれない？　役職で呼ばれるのって好きじゃない。それくらいなら、奈緒《なお》って呼び捨てにされた方がいい」

　彼女は、ぼくの突拍子もない質問に、ちょっと不愉快そうな顔をした。そして、部屋の中にもフーコーの振り子はなかった。代わりに、開き窓のひとつから、怪獣の石像が部屋を覗き込むようにしている。

「すみません。何でもありません」

「ここが、この十時の研究棟のアーカイヴ。言い忘れたけれど、このグリフォンズ・ガーデンには、六つの建物と六つの沼が交互にあって、時計の数字が割り当てられているの。三十度ずつあるわけじゃないけれど、守衛所が十二時の建物で、一時の沼、二時の研究棟、三時の沼というふうにね」

資料室は、ほどよく暖房が効いていたけれども、人の気配を感じなかった。部屋の真ん中に置かれた、長径八メートルはある楕円の円卓だけがやけに目立っていて、豪奢なシャンデリアは戦前の陸軍の経済力を象徴している。資料の検索機だろうか、扉の横にある端末のディスプレイに点滅している入力待ちのカーソルだけが、場違いな有機物のようだった。

「ところで、どうしてグリフォンズ・ガーデンっていうんですか？」

ぼくは、資料室の中を見まわしながら訊いた。

「グリフォンがそこら中にいるから」

「グリフォン？」

「怪獣の石像のこと。知能工学研究所なんていうより、言いやすいし、素敵でしょ」

彼女は、開き窓の向こうの石像を指差す。どんなシンボルとして彫られたのだろうか、それは小さな翼をたたんで、龍のような顔をして、胸には羽毛がある彫像だ。

「この部屋を使うのは、部内の研究発表のときくらい。公開された資料は、永田町《ながたちょう》の国会図書館とオンラインで接続された研究室の端末で閲覧できるの」

「なんだか、もったいないな」

「そうね。でも、ここで驚くべき資料と出会った」

彼女は、振り返って、まるでぼくを突き刺すように、開けられたままだった扉の向こうの中庭を指差して、言葉を続けた。

「あの中庭に科学者を集めて、コンピュータのコンセプトに似たものを作ろうとした記録があったの。まだ、コンピュータなんて言葉がなかったころの話。フォン・ノイマンはヨーロッパにいたし、ウィーナーもやっとハーバードで博士号をとったころの一九一〇年代の記録。それだけなら、そんなに不思議でもない。もしかすると、ノイマンはすでにノイマン型計算機の構想を持っていたかもしれないし、ウィーナーだってサイバネティクスの思想をメモ書きくらいはしていたかもしれない。けれども、旧陸軍の研究者たちは、それを12進法で処理しようとしていた」

「CAM？」

彼女の声が、少しだけ大きくなったような気がする。

「そうとも言い切れない。10進法なら理解できる。実際にENIACは10進法で処理をしていた。でも、12進法よ。二階の四つの窓から中庭を見て、中庭の科学者たちは三つの面を色分けした三角錐をかかげたんですって。それを知ったとき、この研究施設の科学者たちが、軍部にどうしても教えたくなかった秘密を想像して、胸のときめきを抑え切れなかった」

彼女は、中庭を指していた右腕を下げて、ぼくの横をすりぬけて資料室の外へ行く。生物兵器の研究成果を想像した彼女が、ぞっとしたのではなく、胸をときめかせたのだと聞いて、彼女も工学者なのだと考えた。

「もう一度、車を出してくれる？　研究室に行く前に、ＩＤＡ－10を見ておきましょう」

彼女は、静かな口調に戻っていた。

「アイ・ディー・エイ・テン？」

「コンピュータの型番。六時の研究棟にあるの」

それは、群青色の水面を渡る風に、窓をいっぱいに開けられた塔の中でぼくを待ち構えていた。コンピュータというよりは、苔《こけ》かプランクトンの培養器具といった感じだった。大広間の吹き抜けの天井まで届く円柱の足許には、蛍光色に近い緑色の硝子板が放射状に置かれている。ぼくが想像していたような磁気テープ装置はどこにもないし、トランジスタ特有の尖った電気の匂いも音もなかった。けれども、ＩＣＯＴのコンピュータだから、それなりの意外性はあるだろうと予測していた。それは二十年前の代物のように巨大で、土足で入る部屋に置かれた環境も信じられなかった。部屋を通り抜けていく風だけが、耳もとをくすぐっていく。彼女は、細い指に白い息をはきかけながら、説明を始めた。

そして、ぼくは、自分も工学者だったのだと、痛烈に自覚した。

ぼくは、この研究施設を追い出された科学者たちのように、どこかで自分の研究を打ち切る勇気を持っているだろうか。研究施設の出資者である通産省に背を向け、名声と富を捨てて、自分の研究成果を歴史から葬り去ることができるだろうか。

春の冷たい風のせいではなく、ぼくは震えていた。

——*Introduction*

部屋に戻ると、机の上に佳奈からの封書が置いてあった。

『元気ですか、って始めるのも、なんだか気恥ずかしいね。

演奏会の招待状を同封します。大学で渡そうと思っていたけれど、手紙を書きたくなって、伊東屋《いとうや》で便箋を買ってきました。

毎日のように会っている私から手紙を受け取るのって、変な気分でしょ。私も変な気分です。あなたに手紙を書くのは高校1年の夏休みに伯父の別荘から送った暑中お見舞い以来6年ぶりです。でも、そう考えると、私はあれから6年間も、手紙を書くほど遠いところへあなたから離れたことがないのだから、それもちょっと変な気がします。

最後になっちゃったけれど（でも、いちばん伝えたかったことは）、
22歳の誕生日おめでとう。

また明日、大学で。

あなたの21歳最後の夜に　佳奈』

毎日のように言葉を交わしているガールフレンドからの手紙を、ぼくは、長い旅をしているような気分で読み返した。手紙の敬語に、彼女から初めてもらった暑中見舞いのはがきを思い出す。十六歳のぼくは、はがきの送り主が、こんなにも長い年月を一緒に過ごす女性になるとは思ってもみなかった。もう六年も、ひとりの女性と付き合っているんだと、もう一度、便箋の文字を追った。

翌日、佳奈の所属する室内楽サークルの演奏会に出掛けた。佳奈は、最後にひとりでピアノに向かい、彼女らしい演奏でドビュッシーの小曲を三曲ほど弾いた。いつもはぼくだけのためにドビュッシーを弾いている佳奈は、三十人ほどの人々の視線の中、見慣れた服を着てピアノの前に座っていた。

閑静な住宅街の坂の途中に、時間の忘れ物のようにある音楽堂、雨上がりの宵の庭、ダンガリーシャツでピアノに向かうガールフレンド、微かな風、幾千という花びらを散らせたフラワープリントのフレアスカート、漆黒にきらめくピアノ、一月の光、前奏曲集第一巻第十曲、パスピエ、爪を痛いくらいに切った彼女の指先、拍手……。

演奏会が終わって、ぼくたちは大学通りのビストロで待ち合わせをした。店内には、ティアーズ・フォー・フィアーズの〝Everybody Wants To Rule The World〟が静かに流れている。この曲が流行《はや》っていたころ、ぼくと佳奈は、お互いに、クラスメイトの四十分の一の存在だった。ぼくたちは、この曲が入ったアルバム〝Songs From The Big Chair〟を一枚ずつ持っている。ぼくのCDラックに並んでいるのは、ぼくの十七歳の誕生日プレゼントで、彼女の部屋にあるのは、そのおかげで二枚になってしまったCDをぼくが彼女に贈ったものだ。高校生のころは、CD一枚を買うのにも迷っていた。

「ごめんなさい、待たせちゃった？」

ビストロの扉を開けた佳奈は、楽譜を入れた大理石模様のカルトンを抱えていた。

「ううん。それより、サークルで打ち上げコンパとかはなかったの？」

「あなたの誕生日を明後日にしてくれって神様にお願いしても、聞いてもらえないでしょ」

「佳奈が気にしなくても、ぼくはちゃんと二十二歳になっている」

「気にしたいの」

佳奈は、そう言って、レインコートのポケットから、六つ目の誕生日プレゼントを取り出す。

「遅くなっちゃったけれど、二十二歳の誕生日、おめでとう」

「うん、ありがとう」

ぼくは、予定調和の科白《せりふ》を、気のない口調で言ってしまったのだろう。

「どうしたの？」

「懐かしい曲がかかっているからさ」

「あっ、ほんとだ。懐かしい。覚えてる？」

ぼくは、抽斗《ひきだし》の奥に隠された古いラヴレターを見つけたような気分で、大人になったガールフレンドにうなずいた。

「開けてもいい？」

「どうぞ」

十七歳の佳奈は、ぼくにＣＤの包みを渡すと、なんだか困ったような顔をしていた。ぼくは、初めて受け取ったプレゼントを思い出しながら、二十二歳の誕生日プレゼントの深緑色のリボンを解く。箱の中は、小さな文字の彫られた石板だった。

「何が書いてあるの？」

どこかで見覚えのある石板だった。

「さあ、分からないけれど、純度0.9999999999《サーティーン・ナイン》のシリコンで作られたロゼッタ・ストーンのミニチュア」

「そうか……。どおりで見覚えがあるわけだ」

「世界史の教科書に写真が載っていたのに、期末テストでローリング・ストーンズって解答したのも思い出した？」

「よく、そんなことを覚えているなぁ」

「ついでに、日本史のテストで、『御茶ノ水《おちゃのみず》に現存している孔子廟は？』っていう問題に、『三省堂《さんせいどう》』って答えたのもね」

「そんなことあった？」

「だって、あなたの歴史の不得意さったら、女子の間では有名だったんだよ」

「なんで？」

「こりずに毎度毎度、面白い答案をつくっていたからじゃない？」

佳奈の脳細胞は、そんなことまで覚えているのかと感心する。

「ねえ、すごいことがあるの。知りたい？」

「それを知らないと、食事を注文できないっていうんならね」

ぼくは、佳奈の話に待たされているギャルソンに向かって苦笑した。

「あっ、ごめんなさい。えーと、わたしはAコースで、メインはラム肉にしてください。デザートは、後から決めてもいいですか？」

佳奈は、プリフィックスのメニューを指差しながら、ギャルソンがうなずくのを待つ。

「ぼくは、同じコースで、今日の魚料理をお願いします」

ギャルソンが注文を繰り返すのも待たずに、佳奈は話を始める。

「それでね、わたしの耳ったらすごいのよ」

「何が？」

「あなたの拍手の音だけを、ちゃんと聞き分けられたの。緊張して客席を見ることもできなかったのに、あなたの拍手の音だけ。向かって右手の奥に座っていたでしょ」

「手の中にカスタネットを隠していたんだ。聞き分けられなかったらおかしいよ」

「もうっ、どうして、そうやってすぐにはぐらかすの？」

「高校生みたいなことを言われて、どうやって答えろっていうんだ？」

「年に一回しかない誕生日なんだから、少しくらい甘い気分になったっていいじゃない」

頰をふくらませた佳奈に、ぼくは笑った。

「それを言うなら、ぼくの耳だってすごい。まだ、佳奈の弾いていたパスピエが聞こえ続けている」

店内には、ダン・フォーゲルバーグの〝Longer〟が流れていた。

「いつまでも聞こえているといいね。あなたにはわたしのピアノの音が聞こえて、わたしにはあなたの拍手の音が聞こえていたら」

「そこまで言うから、ぼくは茶化したくなるんだ」


——*Everybody Wants To Rule The World*

世界の創造主へ、最も熱烈に、最も執拗にコンタクトを求めているのは、預言者でも、宗教家でも、医学者でも、哲学者でもない。

他でもない、ぼくたち工学者だ。


「去年の秋、完成したグリフォンズ・ガーデンのメインフレーム」

冷たい風に吹かれながら、主任研究員が言う。

「このIDA‐10によってコンピュータは、ベル研究所が一九四七年にトランジスタを発明して以来、四十三年ぶりにソリッド・ステートから解放されたことになる」

「つまり、……」

「そう、バイオ素子を使った、初めての電子計算機と言った方がいいかもしれない」

ぼくは、信じられなくて、次の言葉を見つけられなかった。

「君が言葉をなくしちゃうのも仕方ないかもしれない。でも、これが事実よ」

円柱のコンピュータを前に、ぼくは黙っていた。卒業した大学の教授でさえ、バイオ・コンピュータの存在を知らなかったはずだ。その事実に触れる機会を与えられた誇らしさに、言葉をなくした。

「わたしの父は精神科医で、毎晩一緒に夕食をとっているけれども、この事実を知らない」

「それは、ぼくのガールフレンドも知るべきじゃない、ってことですか」

ぼくは、身体の震えを抑えて、口を開いた。

「そういうことは、あとで所長と契約して。わたしが、どうこうって問題じゃないから」

彼女は、この研究施設の秘密主義に不満があるのかもしれない。

「どのくらいの処理能力があるんですか？」

「よく分からない。何を以て処理能力とするか、このＩＤＡ‐10では定義できないの」

ぼくは、彼女の隣で首をかしげた。

「どんな素材を使っても、わたしたちのソフトウェア部門にとっては関係ないでしょ。必要なのは、バイオ素子を使うと、何ができるかということ」

「並列推論？」

「ううん、覆蔵性コンピュータなの」

「ふくぞうせい？」

　ぼくは、初めて聞く単語に、修士課程の不勉強を後悔しながら訊いた。

「知らなくても問題ない。このコンピュータの設計者が言い始めた造語だから。ある意味では可遡及性《かそきゅうせい》って言ってもいいんだけれど、バイオ素子は、演算過程を含めたデータを記録して、一定条件のもとで、複数のバイオ素子がデータを共有していくの。それを『覆蔵』って呼んでいる」

「それなら、最新の素子のメモリは莫大な容量に……」

「そうでもないのよ。それを説明し始めたら、ひと晩あっても足りない。ただ、従来のコンピュータのようなメモリの概念はないってこと。そう、こう言う方が正確ね。このコンピュータは、EDVAC以来、フォン・ノイマンの呪縛から解放された、と」

　いったい、この研究施設は、何が目的なのだろう。完全な可遡及性コンピュータは、数々の永久機関と同じく机上論にすぎない。疑似的にも、それを実現させようと思えば、膨大なエネルギが常に消費されなければならない。

「驚いた？」

「ええ、……かなり、そんな話を聞かされたら、悪魔とでも契約を結んでしまいそうな気分です。なんというか、……」

「じゃあ、IDA‐10なんていう名前じゃなくて、メフィストフェレスの方がよかったかも。わたしも、ときどきそう思うんだけれど」

彼女が笑顔を見せる。

「所長室へ案内する。そろそろ来ているころでしょう」

今度は、八時の研究棟に案内された。

所長室の重い扉の向こうに、岩波《いわなみ》文庫の表紙絵のファウストみたいな風貌の男が座っている。彼は、世界に存在を許されるための最初の契約を結ぶような口調で、あのバイオ・コンピュータの使用許可を提示して、当面、ぼくには研究課題がないことをつけ加えた。

「研究施設に所属している間に見聞きしたこと、および研究成果については、理事会での承認がないかぎり公表ができない」という誓約書にサインをすると、彼はおもむろに研究所の概要を説明し始めた。

その夜のぼくは、由美子によると、恋わずらいにでも罹った高校生のように、彼女が何を言っても気のない返事しかしなかったらしい。由美子の風邪もだいぶ回復していたみたいだけれども、ぼくは食卓の椅子で呆然としていた。ぼんやりとした頭に、窓から入り込む風の冷たさが心地好かったのを覚えている。

それから一週間は、用意されていた専用の研究室に、部屋から本を運んだり、ＩＤＡ－10のマニュアルを読んだり、研究施設の中を散歩したりして過ごした。

週末は、風邪が治った由美子と一緒に、旭川の温泉に出掛けた。

「まだ雪がだいぶ残っているね」

深い谷の中にある旅館の窓からは、真冬というくらいの雪が見渡せた。

「うん。藤野さんが、最初の冬はたいへんだよって笑っていた」

ぼくは、役職で呼ばれるのを嫌う主任研究員のことを「藤野さん」と呼ぶことにした。

「この一週間、彼女のことばかりだね」

「しょうがないよ。由美子の他に話をする相手っていったら、彼女しかいないんだから。特別の感情があって、そう言っているわけでもないし」

そして、由美子にさえ話せないことが、この一週間で山のように増えた。

「でも、研究所には彼女しかいないってわけでもないんでしょ」

「そうだけど、他の人は、ひと回り以上、歳上なんだよ。だから、気軽に話せる人っていうと、藤野さんくらいなんだ」

実際、研究所の中は、想像していたよりも閉鎖的だった。最初は、新入職員だから相手にされないのかと思ったが、そうでもなかった。ほとんどの研究員は、各自に与えられた研究室に閉じ籠もっているうえに、フレックスタイム制を活用して昼過ぎに出勤している。話し相手を探していた藤野さんは、ぼくをロビンソン・クルーソーの「フライデーみたい」と笑っていた。

「そういう状況で、たまたま、あなたの上司がまだ二十九歳の美人だったたっていうのに、わたしは悩まされなきゃならない」

「そんな雰囲気じゃないよ」

「でも、寝ている時間を除けば、わたしよりも、藤野さんといる時間の方がずっと長いでしょ。そんなのって、せっかく一緒に住めるようになったのにひどい」

「だから、こうやって、週末は二人きりになれるところに来ているんだ」

「あなたは、こんな山奥に来ないと、藤野さんが忘れられない、っていうふうにも取れる」

「そんなことないって」

ぼくたちは、冗談を言いあいながら、雪に覆われた谷を見渡す窓辺でじゃれあった。

――*Mephistopheles*

「数字には色がある」と佳奈は言う。ぼくは、その真意を理解できない。それを伝えると、

「真意なんてどこにもない直観《ちょっかん》」と佳奈は笑う。

妹の理絵《りえ》と佳奈は、仲が好い。ときどき、ぼくよりも妹の方が親しいのではないかと疑ってしまう。ぼくの妹が、この春、仙台の大学に入学してからは、佳奈は、ぼくの家に遊びにきても、退屈そうに居間にかかる靉嘔《あいおう》のシルクスクリーンを眺めているだけだ。ぼくには、その版画のよさが分からない。

〝OBJECT GREEN〟

心理テストのように何色かの鮮やかなインクがちりばめられただけの版画をどれくらい見つめても、その題名の真意は分からない。きっと、そこにも真意はなく、直観だけがあるのだろう。ぼくは、その版画を眺めている佳奈の背中をぼんやり眺めている。

「ときどき考えるんだけど、この版画は六つの色のドットからできているんだ。だから、6進法で何かを表現したかったんじゃないかなって……」

「あなたは、何にしてもそうだけど、数字に表せない情報っていうのが嫌いなんだね」

佳奈が、版画に向かって話しかけるように言う。

「そうかもしれない。でも、経営学なんて、そんなものだよ。どこまでが数字で表せる情報で、どこからが個人のセンスに依存する意思決定かを判断して、個人のセンスに依存する部分を、極小化する学問なんだ」

「学問かどうかは別として、それが経営学の一分野であることは間違いないかも」

たぶん、佳奈は、経営学を学問として認めていない。学問とは、長期的な視野で成果を求めるものだと考えているのだろう。ぼくは、社会を幸せに導くのが学問だと思っているので、そのことが話題になると口をつぐむ。高校生のころは、よくそれで口論をした。まだ、二人とも、それぞれに興味のある分野の専門書を読んでいないころのことで、自分勝手な想像で話し合っていた。

いま振り返ると、赤面してしまうくらい無知だったけれども、その分、自分自身の言葉で多くを語っていたような気がする。大学に入って、生半可に知識を得たぼくたちは、無知を悟って、相手の専門分野の話になると、聞き手になっているだけだ。たとえ、何かを反論したり推論したりしても、数秒後には相手の専門用語に凌駕されるのを、ぼくたちは経験的に知っている。たまに、彼女の専攻する言語学の本を読んでみる気になっても、序文に目をとおしている間に、その本が睡眠薬の代用品にしかならないことを知る。ぼくたちに趣味の部分でいくらかの共通項がなければ、間違いなく、大学の専攻を決めた時点で仲たがいをしていただろう。

「ときどき、わたしたちは、色彩感覚が違うんじゃないかと思う」

背を向けたままの佳奈が言う。ぼくは、マグカップに残ったミルクティーを口にしながら、何も言わずに笑う。

「わたしたちって、形状について話し合っているときって、仲が好いでしょ。たとえば、磯崎新《いそざきあらた》の建築は嫌いだとか、いすゞのピアッツァはきれいだとか、最近だったら……」

「丸善《まるぜん》で見つけたペーパーウエイト」

佳奈は、椅子を回転させて、笑顔をぼくに向ける。

「うん、あれは素敵だったよね。でも、わたしたちって、色の話になると、ことごとくっていうくらい意見が喰い違う。だから、わたしたちは同じ色を見ているのかなって、不安になる」

「どちらかが色弱ってこと?」

「ううん、違う。ある波長を、わたしは『青』と言語化していて、あなたは『緑』と言語化しているんじゃないかなって疑っているの。だって、その他のことでは、音楽でも小説でも趣味が合うんだもん」

「だからって、違う色として感じているってことにはならないだろう。もしそうなら、健康診断のときにちゃんと分かるよ」

「そんなことないよ。色彩感覚って、後天的なものだと思うの。幼児期には、赤は危険、緑は安全、青い食べ物は口にしない、って生活の中で教えられる。それ以降も、いろいろな経験で、ある色から発露する感情を覚えていくんだと思う」

「そうかもしれない」

「だから、わたしとデートがある日は青とか緑の服のくせに、講義しかない日は鮮やかな赤のセーターとか着ていることが問題だと思わない？」

ぼくは、彼女の言っている意味が理解できずに、首をかしげた。

「ほらね。あなたが女の子をその気にさせると思っている色と、わたしがその気になっちゃう色が違うっていうこと」

「それは、佳奈の他に、講義が一緒の女の子に興味があるせいかもしれない」

ぼくが笑いながらそう言うと、佳奈は椅子を立って後ろにくる。

「もし、本当にそうだったら、このまま首を絞めちゃうぞ」

彼女のシャツの木綿の感触が、首もとに心地好い。

「冗談だよ」

「ほんとに？」

ぼくは、彼女の腕の中でうなずく。

「じゃあ、キスして」

不自由に首をひねって、家族のいない居間の真ん中で、佳奈にくちづけをした。

「佳奈とぼくの色彩感覚が合うように波長を変えられるサングラスがあるといいね」

「でも、そうなったら、わたしとあなたは何もしゃべらなくなっちゃうかも」


——*Colors Of Numbers*

PRIMARY WORLD #4

北国の街で生活を始めてひと月が過ぎて、由美子は大学での研究のかたわら、ローカルTV局で天気予報のキャスターのアルバイトを始めた。ぼくは、藤野さん以外の研究員とはほとんどコミュニケーションを取れないまま、津波のように押し寄せてくる知識に驚きながら毎日を送っていた。

グリフォンズ・ガーデンは、第五世代コンピュータ・プロジェクトの開発機関であるICOTの下部機関で、研究成果は、すべて上部機構のICOTか、協力を得た大学のクレジットで発表されている。グリフォンズ・ガーデン自体は、予算をふんだんに使っているはずだが、マスメディアや国会答弁に登場することはない。そういった背景のせいか、研究員たちも意外なほどのんびりしている。

「暖かくなったし、お花見でもしながら、散歩しましょうか？」

五月の連休明けに、藤野さんから散歩に誘われる。研究室のある十時の研究棟から、時計と逆回りに歩き始めた。札幌では、東京からひと月遅れて、桜が咲き始める。

「まず、グリフォンズ・ガーデンには、四つの部門があるの。それは、アーカイヴの論文で分かった?」

「ええ」

「四つの部門は、独立して研究、開発を進めているわけではないけれど、それぞれ研究棟を割り当てられている」

散歩の目的が、お花見ではないことを知る。ひと月前のぼくは、大学レベルの知識しかなく、グリフォンズ・ガーデンの研究内容に踏み込んだ説明を聞いても驚くだけだった。いまは、この研究施設特有の人工知能へのアプローチについて基礎知識を得ている。

グリフォンズ・ガーデンは、ハードウェア系とソフトウェア系にそれぞれ二部門を持ち、計四部門から構成されている。ハードウェア系は、従来のトランジスタを用いた開発部門と、非ソリッド・ステートを用いた開発部門に分かれる。ソフトウェア系は、ハードウェア系ほど明確な区別はないが、基礎研究部門と応用研究部門に、それぞれ研究棟が割り当てられている。

ぼくと藤野さんが所属するソフトウェア基礎研究部門は、人間のシステム、とくに認知システムを解明しようとするもので、N・チョムスキーの提唱した生成文法論などは、この部分に属するし、分子生物学者が脳細胞や神経のニューロンなどの情報伝達システムを解明するのも、この部門だ。視覚・聴覚などの神経システムの解明、外界刺激遮断ラボ内でも維持できるようなサーカディアン・リズム（自律時間感覚）なども、基礎研究部門で研究が進められている。

「十時の研究棟に対して、八時の研究棟では、基礎研究の成果をコンピュータによって再現するのが目的。自然言語間の機械翻訳や、医療分野などで活用されるエキスパート・システムの開発。そこが、グリフォンズ・ガーデンの中核部門と言ってもいいと思う」

藤野さんは、新緑の中を歩きながら、ゆっくりと説明を始める。彼女が「中核部門」と言うとおり、八時の研究棟に所長室が設置されている。

「グリフォンズ・ガーデン全体の基本方針も、八時の研究棟が決めている。彼らソフトウェア応用研究部門の方針は、基礎研究で解明されていなくても、人間に観察できるなら、コンピュータで、できるかぎり忠実に再現することなの」

「IDA‐10に23進法コードを採用したのも、八時の研究棟の方針ですか？」

「そう。連休前に部門長から聞いたんだけれど、君を招聘した理由でもある」

人間の認知システムに用いられるコードは、大学の研究レベルでは、24進法であることが解明されている。けれども、ノイマン型コンピュータは2進法（オンかオフかのバイナリ・コード）しか扱えないため、ソフトウェアで疑似的に24進法を実現する。このモデル化によって、どのくらい人間の認知システムと掛け離れてしまっているのかは未解明のままだ。現状、ハードウェア・ベンダーは非ノイマン型コンピュータを実現できないので、仮説を立てても、立証する手立てがない。

「認知システムのコードを23進法だと主張した修論は、まったく相手にされませんでしたけれどね」

ぼくが笑いながら言うと、藤野さんが振り向く。

「だからこそ、君が必要だったの。去年の六月、二時の研究棟は、IDA-10の稼動延期を理事会に申し入れた。バイオ素子を計算機に応用する技術は確立できたのに、24進法コードの基本アーキテクチャでは、32ビット・プロセッサのパソコン以下の性能しか出せなかった。そこに、ある学生の論文が送られてきたってわけ」

ぼくは、自分の顔を指差した。

「そう。グリフォンズ・ガーデンは、君を他の研究機関に渡すわけにはいかなかった」

自分が、博士課程に進学できずに、札幌に就職した経緯を知って驚かされる。

「招聘っていうよりは、幽閉ですね」

「それを言うなら、グリフォンズ・ガーデンの研究員は、ほとんど同じよ。ICOTは、何としても通産省に成果を示さなきゃならないし、通産省のお役人さんだって、天下り先が必要でしょ」

「藤野さんは、何を研究しているんですか?」

「チューリング・テストを人間の音声で実現するための研究。でも、わたしは、自分がグリフォンズ・ガーデンに招かれた理由も、基礎部門に配属された理由も知らない」

ぼくは、首をかしげた。チューリング・テストにかかる研究なら、応用部門が担当していそうだ。

「たぶん、わたしの論文の何かが、八時の研究棟で応用できそうだったんだろうけれど、実現には至っていないんでしょうね」

そう言う藤野さんの向こうに、八時の研究棟が姿を現す。

「八時の研究棟の人たちとは、これから会議の機会も増えるけれど、彼らは『人工知能』って言葉を嫌うから注意してね」

「それを開発しようとしているのに？」

「大学や企業が作った『ＡＩ』は、名ばかりの未完成品だと考えているんじゃないかな。だから『知能工学』なんていう造語を生み出して、これから作るものが『ＡＩ』だって主張している」

藤野さんは、皮肉っぽい口調だった。けれども、グリフォンズ・ガーデンは、それを自負するだけの突出した知識と技術を蓄積している。

八時の研究棟は、ぼくたちの十時の研究棟に比べると、建物も大きく、造りも豪奢だった。それを藤野さんに言うと、彼女は笑いながら、その理由を教えてくれる。

「事務部門を兼ねているから。研究者として見込みがなくなったからといって、すぐにグリフォンズ・ガーデンを出られるわけじゃないの」

「どうしてですか？」

「君の言葉を借りれば、ここは幽閉施設だもの。どこかの大学かＩＣＯＴに、グリフォンズ・ガーデン以上の待遇を約束してくれるポストが用意されるまで、カフェテリアの職員とか経理とかの仕事をしてもらう。そういう人が、三十人ぐらい、この研究棟に勤めている」

彼らがグリフォンズ・ガーデンで得た知識や研究成果は、二年も経てば、大学や民間の研究に追いつかれるのだと、彼女は言う。

「そういう人たちは、不満を持たないんですか？」

「知りたい、作りたいという欲求が薄れた人たちには、大学の教員や民間の研究機関よりも高いお給料をもらえるんだから、不満はないんだと思う。ＡＩは、兵器開発に比べれば集合知を必要とするから、突出した知識は軍需産業でも持て余す。だから、大学の教授のポストが約束されているなら、ちょうどいいサバティカルなのよ」

ぼくたちは、八時の研究棟の前を通り過ぎて、舗装道路から、山桜が咲く小径《こみち》に入る。

「六時の研究棟は、ＩＤＡ‐10を格納しているだけだから、説明はいいよね」

ＩＤＡ‐10を守るガラス張りの六時の研究棟を除くと、他の研究棟は旧陸軍の研究施設を転用しているので森に溶け込んでいる。四時の研究棟までは、五時の沼をはさんで、五分もかからなかった。二階建ての小さな造りだ。

「ここが、四時の研究棟。思ったより、小さいでしょ？」

「ええ」

「ところが、ここの地下室は、五時の沼の下に地下三階のスペースを持っていて、毎年、スパコンをリプレイスできるようにしている」

ぼくは、群青色の沼を眺めた。

「四時の研究棟の人たちにとって、わたしたちに提供しているのは、二年以上前に作った時代遅れのコンピュータなの。だから、ここの人たちには『スパコン』って言わない方がいいよ。わたしが入所したとき、『ここのスパコンは、かなり優秀ですね』って褒めてあげたら、『ご自宅のTVは、まだモノクロでしょう』って馬鹿にされた」

藤野さんは、そのときのことを思い出したのだろうか、いまいましそうな顔をする。

「彼らのご自宅のTVは、3Dホログラムかもしれませんね」

「あっ、それいいかも。いまから、あのおばさんにそれを言いに行ってよ。いつも上下ジャージしか着ていないから、すぐに分かるはず」

ぼくは、顔の前で手を振って、それを断った。藤野さんは、「ああ、悔しい」とつぶやきながら、明るい表情になる。

「そろそろ休む？」

「それより、四時の研究棟の人にお願いすれば、ホバーボードを貸してもらえるかも」

ぼくが、映画『バック《B》・トゥ《T》・ザ《T》・フューチャー《F》』で出てきたガジェットの名前を口にすると、藤野さんは、四時の研究棟の前で足を止める。

「やっぱり、あのおばさんと対決してきて。いまから、君のスニーカーにピアノ線をつけるから。『ぼくのナイキは、自動で靴紐が締まるんです』って言ったら、私がピアノ線を引っ張ってあげる」

「痛そうだから、いやです」

ぼくは、悔しがる藤野さんを置いて、三時の沼のほとりを歩き始めた。

「ホバーボードがあれば、二時の研究棟なんて、すぐに着くのに……」

「あれを乗りこなすの、結構、難しいみたいですよ」

「君なら、間違いなく大丈夫」

藤野さんは、よほど悔しい思いをしたのだろう。山桜を見上げることもなく、ひとり言をつぶやいている。ぼくにとっては、彼女の文句よりも、「ホバーボード」からＢＴＴＦを結びつけられたことの方が意外で面白かった。十五分ほど歩くと、二時の研究棟に着く。

「ここが、ＩＤＡ‐10の開発部門？」

ぼくは、二階建ての研究棟を見上げながら訊いた。

「そう、変人の集まり。二十人前後しかいないけれど、ハンモックの上で仕様書を書いている人や、二年間もグリフォンズ・ガーデンに閉じ籠もってる人がいるって聞いた」

「二年も？」

「自分で感覚遮断実験をやって、バイオ素子の活性化の方法でも考えているんじゃない？」

その実験に、二年も堪《た》えられる人間がいれば、かなりの変人だ。

「藤野さんは、感覚遮断実験の被験体になった経験があるんですか？」

「ううん。君は？」

「マスターのときに、NASDAの有地球重力ラボであります」

「どうだった？」

「こんなもの？っていう感じでした。食事が味気なくて食べられなかったうえに、時間測定に腕立て伏せとか腹筋をしていたから、『健康優良児になるために被験体になったのか』って笑われました」

十時の研究棟に戻る舗装道路で、彼女が笑う。

「たしかに、君ってそんな感じだね。被験体に向きそうもない」

「藤野さんは、被験体になってみたいですか？」

「わたしは無理だな。君みたいに世界が完結されていないの」

「うん、君って、ひとりだけでも、世界が完結しちゃっていそうな印象を受ける。楽しそうに資料を読んでいたり、ひと月経っても、毎朝九時に出勤したり……」

「世界が完結？」

「それが、世界が完結していることの理由ですか？」

「そう。君は、デロリアンで未来や過去に行っちゃっても、結構楽しくやっていけるんだろうな、っていう感じ」

「そんな言われ方をするのは初めてです。藤野さんは世界が完結していないんですか？」

「こうやって、君の時間を邪魔している」

「ぼくがここに来る前は、どうしていたんですか？」

「友だちがヘルシンキに留学しているから、君と一緒にいる時間だけ、電話で世間話をしていた。知っている？　ここでは国際電話が使い放題なの」

ふと、ぼくはＩＤＡ‐10を使ったいたずらを思いついた。それは、「世界が完結している」という奇妙なメタファのせいだろう。ぼくは、五月の第二週の月曜日の朝、そのいたずらを実行に移すことにした。

――*Completed World*

DUAL WORLD #4

　午後の講義が二つとも休講になって、ぼくは持て余した時間を美術館で過ごすことにした。佳奈を誘ったけれども、彼女は講義を理由もなく欠席しない。

「気が向いたら、あとから行く」

　佳奈の通学路からは外れているので、講義の終わった後、彼女が会いに来るのは期待しなかった。ぼくは、見飽きた常設展示をひと回りして、芝生に面した喫茶室の窓際のテーブルに腰を落ち着けた。

　閑散とした美術館の喫茶室に、何組かのカップルがいる。

　窓際へ二つ離れたテーブルのカップルは、Tシャツにマドラスチェックのジャケットを着た男性が女性の背中越しに見えて、雑誌のグラビアページみたいだった。背を向けている女性は、男性に相槌を打ちながら、小ぶりのフォークだけで、いちごのミルフィーユと格闘している。佳奈は、好物のミルフィーユをスマートに食べるために、いつもナイフとフォークを店員に頼む。今日の店員は、ミルフィーユを食べたことがない新入りのアルバイトか、そのカップルの何かが気に喰わなかったのだろう。ぼくは、しばらく彼女たちを観察した。

そのうち、喫茶室のテーブルの埋まり方が、しごく無作為であるのに気づく。たいてい、こういうところのテーブルは端の方から埋まっていくような気がする。けれども、その午後の喫茶室の客の散らばり方は、何の作為も感じられなかった。十数個あるテーブルに均一に散らばっている、というわけでもないし、偏りがあるわけでもない。それが、かえって意図的な無作為のような気がする。

佳奈の特技は、ミルフィーユを上手に食べられたり、おいしいフレンチトーストを作れたり、といろいろとあるけれども、その中でも真似をできそうにないのが、「乱数の発生」だ。適当な数字を並べて乱数に見せかけるときでも、円周率の小数点以下九桁以降だったりして、教えられるまで疑似乱数であることを見抜けない。話題が途切れると数字の羅列を考えて、「これは何の順番だか分かる?」とクイズを始める。

4、10、2、5、11、12、9、8、7、6、1、3

十二個の数字が、一回ずつで出現しているから疑似乱数であるのは予想できる。正解は、月の名前を和名に替えて、その頭文字を五十音順に並べたそうだ。そういった疑似乱数の作製にもまして、彼女がすらすらと口にする乱数は、芸術的と言ってもいい。その特技の故か、佳奈は「意図的な無作為(佳奈はそう名前をつけている。つまり疑似乱数)」を受け取るのをひどく嫌う。

「よかった。図書室にいないから、もう帰っちゃったのかと思った」

顔をあげると、L.L.ビーンのトートバッグを肩にかけた佳奈が目の前に立っていた。

「どうしたの？　変な顔して」

「いや、来ないだろうと思っていたからさ」

彼女は、「どうしてそう思ったの？」という表情をぼくに向けて席につくと、メニューも受け取らないうちに、アイスティーといちごのミルフィーユを注文する。ぼくは、ミルフィーユをきれいに食べる佳奈を眺めた。

「いまはもう窓際の席ばかり埋まっているけれど、さっきまで、テーブルが無秩序に埋まっていたんだ。なんとも言えない絶妙な散らばり方だった」

「ふーん」

「それで、どうして、佳奈は乱数を発生できるんだろうって考えていた」

「何も考えていないから。『乱数を発生させよう』なんて意識しなければ、とても簡単なことだよ。ただ、数字を言えばいいだけなんだから」

ぼくは笑った。

「たいていの人は、それができない。何も考えないで、数字を言うなんてさ」

「そんなことはないよ。こんなの言っちゃいたくないけど、二十一号教室に入る扉って前に二つと後ろにひとつで、合計三つあるでしょ。月曜日の企業組織論の講義に、あなたがどの扉から入ってくるかなんて、本当にランダムだよ。まったく見当がつかない」

ぼくたちは、お互いの専攻の講義をひとつずつとっている。

「そうかな。考えてみたこともなかった」

「でしょ。考えなければ、乱数の発生なんて、とても簡単だと思う」

「今度から、……」

「だから、教えたくなかったの。わたしは、あなたがきれいな乱数を発生してくれるのを、毎週楽しみにしていたのに、そうやって意識しちゃったら、もう絶対にきれいな乱数なんて発生できない。あなたが、わたしの言ったことを覚えているかぎり」

「なるほどね」

佳奈は、ミルフィーユの最後のひと切れをフォークに載せながら、残念そうな顔をしていた。ぼくにはどうでもいいことも、佳奈にとっては大切なことなのだろう。

「概して、あなたはきれいな乱数を発生させている。どこで発生させているかは教えないけれど、普通の人よりずっと素敵だよ」

「そうかな」

「うん、だから、あなたと六年も付き合っていて、ずっと好きでいられるのかもしれない。あなたは、わたしのエントロピみたいな人なの」

「じゃあ、さっき、ぼくの魅力がひとつ消えちゃったんだ？」

「また、ひとつ、こっそり見つけるから大丈夫」

ぼくたちは、美術館が閉館になるまで、疑似乱数の種明かしのクイズをやりながら過ごした。きっと、佳奈とぼくでは数字の捉え方に根本的な違いがあるのだろう。ぼくが数字に色をつけられないように、佳奈が数字だけの情報を信用しないように。

「じゃあ、31、28、31、30、31、この数列の第六項は？」

「えーと、偶数項と奇数項で、別の数列を組み合わせているんだろ。32かな」

「残念、正解は30でした」

——*At Random*

言語が与えられて以来、人間は、世界を創造した神々を生みだし、彼らを畏怖し、彼らへのコンタクトを渇望してきた。けれども、それを成し遂げた者はごく稀であるし、立証できるわけでもない。それに比べれば、世界の創造主になることは、多くの人が考えているよりも、ずっと簡単な作業だ。

工学者が、人間と同じ機能を有する機械を作りあげるのは、いつのことになるだろう。第二次世界大戦が終わった翌一九四六年、最初の汎用デジタル・コンピュータENIACが発表されたとき、人々は、いつかアンドロイドやロボットのような機械が作られるのだろうと期待し、あるいはその事態を危惧した。『2001年宇宙の旅』には、人間と対等に会話をし、人間よりも優れた知能を持つコンピュータHAL9000が登場したし、『エイリアン』では、宇宙貨物船の乗組員のひとりがアンドロイドだった。

けれども、ENIACから半世紀が過ぎようとしている現在も、工学者はそんな機械を作り出せない。それどころか、対等な会話をする機械さえ組み立てられていない。人間の一部の能力を模倣する機械もしくはプログラムを作るのが精一杯だ。

たとえば、人工知能の開発の一分野であるとされている機械翻訳を例にとってみると、

Time flies like an arrow.

という例文について(ただし、これはかなり意地の悪い、開発者泣かせの例文ではある)、十分な辞書と、英文法の正確な解釈を有した英文和訳システムであったとしても、正確な和文を導き出すことは難しい。

和訳の例として、「時蠅は矢が好きだ」とか「矢のような蠅を乗算しろ」という和文も英文法的には正確であり、一般的な解釈「時間は矢のように飛ぶ(光陰、矢の如し)」という訳は、解答例のひとつに過ぎない。現在、機械翻訳で主流となっている、トップダウン・文頭先行訳を行った際に導かれる訳文は、「時蠅は矢が好きだ」というものが最初に出てくるだろう。この誤訳の回避のためには、「時蠅」という蠅はいない、「蠅を乗算する」というのは考えにくいという常識、そして、時間を矢に喩えてもおかしくないという比喩(遊び心)が、不可欠な要素となる。

同時に、人工知能の開発とともに、「人間が何かを理解した」というのは、どういった意味のものなのか、という疑問も生まれてきた。

たとえば、「娘は、母親から生まれる」という文を、機械が理解したか否かの検証として、「由美子の母親は恵子である。由美子は誰から生まれたか?」という質問に、機械が

「恵子」と答えられたとき（このくらいの質疑応答は、七〇年代に可能になっている）、その機械は「本当に娘と母親の関係を理解しているだろうか」という疑問だ。

ぼくが、藤野さんの何気ない言葉で思いついたプログラムは、この観点からは人工知能ではない。「Time flies like an arrow」という英文は、一切のアルゴリズムを介さずに「光陰、矢の如し」という訳と結びつけられるし（というより、その二つの文を同時に入力する）、母と娘の関係は、すべての文をそのままバイオ素子に入力することで、コンピュータはこれを認識できたとする。

人工知能であれば、入力された情報に対して所与のアルゴリズムを介して、何らかの出力を行うが、ぼくの考えたものは、入力だけを行う。言ってみれば、IDA‐10のバイオ素子に小説を書くようなものだ。

ぼくは、自分の研究室のIDA‐10の端末に、光ディスクの読み取り専用装置（CD‐ROM）を接続する作業から取り掛かった。大学の研究室では、ハードウェアをいじるのが好きな学生にそれを任せていたので、設定に手間取った。五月の第三週に、やっとのことで三台のCD‐ROMをIDA‐10の端末と接続した。

そして、五月から六月にカレンダが変わる週に、ぼくは、『デュアル・ワールド・システム（以下、DWS）』と名付けたプログラムのコーディングにとりかかった。退屈していた藤野さんは、午前と午後に一回ずつ、研究室を覗きにきたけれども、ぼくは研究というにはあまりにもふざけた内容を彼女に言わなかった。

月曜日、システムの基本的なフレームとなる三つの記憶クラスを設定する。認知科学の一般的な見解に倣い、短期記憶、中短期記憶、長期記憶の三クラスに分割し、前二クラスを半導体素子に、最後の長期記憶クラスをバイオ素子に割り当てる。

火曜日と水曜日を使って、このシステムのメインとなるプログラムを作製する。この作業にもう少し時間をとられるかと思ったが、できる限り単純なアルゴリズムにしたために、二日で終わる。

木曜日、午前中にCD-ROMの二つを画像処理と音響処理にあて、由美子が東京にいたところに撮影した風景写真から画像サンプルをCDにコピーし、午後には市内のレコード店から買ってきた効果音サンプルを作製する。

金曜日、三つ目のCD-ROMを言語サンプルに割り当てる。言語サンプルは、日本語五万語、英語一万二千語、その他の諸外国語は約千語を用意する。合計約六万三千語の自然言語は、他の二つのCD-ROMとインタラクトするために、視覚表現（文字）、聴覚表現（音韻）に対応できるようにする。大学院では、プログラムが自然言語を取り扱えるようにするために、辞書の見出し語、品詞の分類、対応する意味、意味の優先順位を組み込む作業を延々とやらされた。グリフォンズ・ガーデンでは、古代エジプトのヒエログリフやデモティックの一部まで、それが出来上がって、施設内のネットワークで共有されている。

土曜日、最後まで悩むことになった、出力情報については、多くを考えるのをやめて、端末のディスプレイの全面に、三原色から合成した四千八百色を、四十六階調の明暗で表現するパレットを作製する。

思いつきから始めたこととはいえ、ぼくが朝から夜遅くまで研究室に閉じ籠もるようになって、由美子に非難された。

「もう、いったい何をやっていて、こんなに帰りが遅くなるの？」

すっかり冷めてしまったドリアをオーブンに入れながら、由美子が言う。

「研究を始めたんだから、こんなものだ」

「あなたは、教授よりも先に帰ることで有名だったのに、突然、こうなるんだもの。文句も言いたくなる」

「教授から与えられた課題と、自分で見つけた研究課題とでは、やっぱり違うよ。それにあのころはチームでやっていたけれど、いまはひとりだ」

「そうね。……それで、何の研究なの？」

食卓にドリアの皿を置いて、由美子はぼくの向かいに座った。

「うーん……、フレーム問題を回避した認知システムのモデル化」

言語学でも人工知能を扱っているので、ぼくはできるだけ抽象的な言葉でごまかした。

「日曜日まで研究所に行くなんて言わないよね？」

食事を終えて、そのままベッドに入ろうとすると、食卓に頬づえをついていた由美子は、ぼくを見上げて不機嫌な表情をぶつけた。

「まさか、……七日目は、安息日だよ」

完成したシステムを起動するのを楽しみにしていたけれども、ぼくは反省して食卓に戻った。由美子の額にくちづけをしてから、彼女の手をとってベッドに入る。

「明日は、こうやってずっと一緒にベッドの中にいたい」

由美子が、ぼくの耳もとで言う。

「いいよ。由美子の好きなようにすればいい」

「じゃあ、明日の食事当番を代わってあげるね。何か食べたいものある？」

「たまには、一緒に買い物にいって、スーパーで決めよう。午後になって、ベッドにいるのにも飽きたらさ」

「うん、それなら、ついでに画廊めぐりもやらない？　東京にいたころみたいに」

その後も、由美子は何かを言っていたような気がするけれども、ぼくは彼女が髪をなでてくれるのを感じながら、深い眠りに落ちた。翌日、由美子が目覚まし時計を切っておいてくれたおかげで、目を覚ましたのは十時過ぎだった。

週が変わった月曜日、ぼくは、いつもより早く研究室に着いた。グリフォンズ・ガーデンは、深い雨音に包み込まれていて、窓を細く開けた研究室には、初夏の森の香りが立ち込めている。ぼくは、ドビュッシーのCDを聞きながら、IDA-10のDWSにログインをする。

西暦一九九〇年六月四日、ぼくは《世界》を創造した。

—— *The Genesis*

DUAL WORLD #5

気象庁が梅雨入りを宣言してから二日ほど、鬱陶しい雨の日が続いた。三日目には晴れ上がった空が訪れて、ぼくは、佳奈を高層ビルの三十階にあるカフェテリアに誘った。ランチタイムが終わったところで、南向きのフロアは閑散としていた。

「アイスティー、二つ、お願いします」

ぼくたちは、グラスが運ばれてくるまでの間、静かに窓の外を眺めていた。

「マグリットの描いた空みたいだね」

佳奈がそう言うと、ガラス越しの空はルネ・マグリットのキャンヴァスみたいに見えた。非現実的ということでもなく、手で摑めそうな現実さを持っているわけでもない。無限に青空が続いているというわけでもないし、ドーム状の壁が見えるわけでもない。

「地面じゃなくて、空を見ていると、地球って丸いんだなって思う」

ぼくは、アイスティーを飲みながら言った。

「わたしも、そう思う。そのたびに、地動説は正しいんだろうかって、疑問になる。あなたは信じられる？　動いているのはわたしたちで、空は動いていないなんて」

「それが現実なんだから仕方ない」

「でもね、考えてみて、地動説と天動説を比べて、地動説を採用する利点は、その方が単純だからでしょ。けっして、天動説が間違っているわけじゃない。地球を中心にして、惑星の軌道を方程式に表すのだって可能だと思う」

　ぼくは、曖昧な表情を作った。

「だから、わたしは思うの。『もっと自己中心的な考え方をするべきじゃないか』ってね。たとえば、いまわたしたちが一緒に存在することだって、ビッグバンからたどってくれば、恒星から程よく離れた地球が存在して、そこに生物が生息できる環境が整って、単細胞生物が人間にまで進化してなんて、そんなことが本当に偶然の産物だと思う？」

「それと地動説の当否とは、別問題じゃないかな」

　マグリットが描いた空を、飛行船が散歩をしている。

「どうして？　自分が偶然の産物だなんて考えるよりも、帰納的に考えられないか、っていうことだよ。わたしが言いたいのは」

「アインシュタインは『ものごとは単純であるべきだ』って言っている」

「それは前半で、残りを言わないのはずるい」

「しかし単純すぎてもならない」

「そうでしょ。マクロの目でみれば、たしかに地動説は単純だし、それゆえ有効かもしれない。でも、何のためにマクロの視点が必要なの？」

「複雑な惑星運行図をもとに宇宙船の軌道を計算するよりも、簡単な運行図に基づいた軌道の方が間違いないんだ。地動説を採用すれば、宇宙船は、発射したときのベクトルで直線的に飛んでいける。他の惑星の重力の干渉を受けなければ、原理的にどこまでも直線にね。対して、天動説では……」

「違うと思う。あなたの言う宇宙船は、太陽系の中の話でしょ。その外で、どう進むかなんて、まだ誰も分かっていない」

「そうかな……」

ぼくは、その軌道を考えてみた。

「それよりも、静止衛星って、天動説から発想した言葉だよね。地動説なら、静止なんかしていないもの。どんなに頑張っても、わたしたちには客観なんて不可能だっていういい例だと思う。主観しかできない人間が、巨大な宇宙に対してマクロの視点を持とうとするのは無理があると思う。コペルニクスやケプラーの時代ならともかく、現代において、計算の複雑さがある公理を排除する理由になるなんて、時代錯誤もはなはだしい」

「だから、地動説を否定するの？」

「うーん、直接結びつけられなくても、安易に天動説を否定すべきではないと言いたいの。

太陽系だけという視点では、小学生だって太陽は動いていないって知っているでしょ。でも、宇宙の中心なんて誰も知らない。それなら、これほどの偶然の産物である自分を、必然だと考えて、『自分は動いていない』って考えるアプローチもあるんじゃないかな」

ぼくは、飛行船を目で追う。東風に乗って西に向かう飛行船は、地球から見れば後進しているのだろうし、地球の外からみれば、地球の自転速度である時速千七百キロで回転しているのだろう。さらに遠くからみれば、時速十一万キロで太陽の周りを動いている。

「単純であることは大切だとしても、その単純さにだまされちゃいけないと思う」

そう続ける佳奈に、ぼくは反論を試みる。

「経済学の失敗は、学位のために複雑さを尊重してしまったことだ」

「経済学をけなしてまで反論するなんて、よほど天動説が嫌いなの？」

「単純な公理があるのに、複雑なことを考えるのは不要だって言いたいんだ。『新古典主義』なんていう奇妙な言葉まで作った経済学だって同じだよ」

「現時点で、単純に見えるだけ。『単純すぎてもならない』っていう警告は、ある単純さを受け容れたために、本質が複雑さの中に隠されているのを見過ごしていないか、っていうことだと思う」

「たとえば？」

「ボルツマンの統計力学は、マクロな視点から単純さを見つけだして、それが単純だからという理由だけで成功した。でも、そんなのって、何も解決していないんじゃない？」

「実際に成功している」

「もしも、宇宙の中心となる電子なり中性子とか、あるいはクォークを見つけだしたとして、それを中心にものを見てみたら、その瞬間に宇宙のすべての電子の動きが、簡単な方程式で表せるかもしれないじゃない？」

「佳奈の言っていることは想像に過ぎない。仮説にもならないよ」

「物理学や数学や化学は、仮説じゃないとでも言うの？」

「それで、世界が数式化できている。大切なのは、成功しているっていう事実だ」

「それが、他の仮説に失敗のレッテルを貼る理由にはならない。あなたは『当社は事業部制組織で順調な成長をしている。だから、他の組織体制を考える経営学は不要だ』って言っているのと同じだよ。組織の成長が止まるまで経営学は無意味である、というのと」

ぼくは、反論を探した。羽田空港を離陸したボーイング747が、ジュラルミンの翼に陽射しを反射させながら、マグリットのキャンヴァスの空に消えていく。

「ごめんなさい、そんな顔しないで、喧嘩したいわけじゃないんだから」

「分かっている」

見下ろす街は、すべてがゆっくりと動いていた。まるで、ぼくたちがいる三十階のカフェテリアと地上では、時間の流れる速度が違うかのように、それはのんびりとしていた。

「でも、こんなに真剣に話をしたのなんて、ひさしぶりよね」

「そうかもしれない」

視線を上げると、佳奈が微笑んでいる。

「お腹すいちゃった。何か食べにいこうよ」

「何がいい？」

「『粉と卵』のミルフィーユ」

ぼくは、エレベータの中で耳がつんと痛くなったころになって、反論を見つけた。

「マクロな視点を持つ必要性は、世界の中心を見つけるためだ」

佳奈が振り向いてくれなかったので、それは、ひとり言みたいだった。陽射しが降り注ぐエントランスからは、洪水が近づいている街の喧騒が聞こえる。

「マクロの視点を持つことと、中心から自己中心的に考えることなんて、同じことじゃないか。だから、地動説は正解だ」

佳奈は、振り向いて右手を差し出し、ぼくの手をとる。

「きっと、あなたが世界の中心よ」


――*The Ptolemaic System*

PRIMARY WORLD #6

「最近、どうも……よね」

ぼくは、食卓で夕食を待つ由美子の言葉を聞き取れなかった。

「何？」

「あなたの声が聞き取りにくい、って言ったの」

ぼくは、「そう？」とだけ言って、キャベツの千切りを皿に盛り付けた。

「東京にいたころは、地下鉄のホームでだって、あなたの声が聞き分けられたのに……」

由美子は、ついさっき、ぼくが「チーズカッターはどこ？」と訊いたとき、それを三度も言わなければならなかったのを気にしているのだろう。しまいに、パン用のナイフでチーズを切ってしまい口論になった（彼女はパンの匂いに敏感だ）。

「さっきは、ファンをまわしていたせいだよ。今度からは、ファンとオーブンを切ってから話す。そろそろ、機嫌を直してくれない？」

「とっくに直っている。最初は、こっちのイントネーションに耳が慣れたせいかなと思っていた。でも、よく考えてみたら、東京の方が雑多だよね」

「そういうことって、たまにあるよ」

　ぼくは聞き流したけれども、振り向くと、食卓の由美子は不安そうな顔をしていた。オーブンの扉を開けて、スコッチ・エッグを盛り付けて食卓に運ぶ。

「今日は、ずいぶんと手間がかかっているね」

　由美子が言う。

「この前が湯豆腐だったから」

「いただきます」

　由美子に「あなたが食事当番の日は、健康にいい料理ばかりだね」と皮肉を言われて、手の込んだ料理を作ったつもりなのに、彼女は黙ったまま箸を運んでいる。

「きっと、由美子はもう恋が冷めちゃったんだよ」

「どうして、そういう言い方をするの？」

「聞き分けられなかった原因が精神的なものだと考えているなら、そういう結論もひとつの選択肢になると思わない？」

「そんな言い方しないで。恋が冷めちゃったら、わたしはここにいる必要がないんだから」

　ぼくは、食卓を離れて、冷蔵庫から缶ビールを二本取り出した。

「由美子は、この街が嫌い？」

「好きよ。けれども、恋の冷めたあなたとこの街にいる必要はどこにもない。だから、そんな短絡的に考えないで」

「そうだね。仮説のひとつとして言っただけだよ」

ぼくは、缶ビールのプルリングを開けて、ひとつを由美子の前に置いた。

「一緒にいる時間が少ないのが、不安になるだけなの」

「しょうがないよ」

修士課程だったころに比べれば、こうやって毎日顔をつきあわせているのだから、一緒にいる時間が減っているわけではない。グリフォンズ・ガーデンのことを由美子に話せないのが、彼女を不安にさせている原因だろう。

「お願い、恋が冷めちゃったなんて言わないで」

ぼくは、うなずいて、缶ビールで乾杯をした。

けれども、実際のところ、ぼくたちはいったいどれくらいの音を聞いているのだろう。

人間は、鼓膜で音を聞いているわけではない。鼓膜は空気の振動を音に変える器官であって、音を聞いているのは脳の聴覚システムだ。この聴覚システムは、それを専攻する研究者以外の人々が考えているよりも、ずっといい加減なシステムだ。人間の聴覚システムは、聞きたい音だけを聞いている。研究者は、このいい加減さを解明できない。

人間の平均的な鼓膜が反応するのは、空気の振動の波長が二十ヘルツから二万ヘルツの間で、この範囲の波長を約千六百種類に聞き分けられる。平均値をとると、鼓膜のひと目盛りは約十二・五ヘルツになるが、中心帯の目盛りほど細かくなっている。

鼓膜が作成したデータは、脳が所有していた音のデータと突き合わされて、聞きたい音かどうかに振り分けられる。データの同定ができると、それ以降は、鼓膜がデータを作成するのに先行して、入力される音を予測するループが作られる。同定処理に要する時間は、十二歳の子どもが、それまで離れて暮らしたことのない母親の声を聞くときで、平均二十ナノ秒と言われている。大企業の電話交換手として勤続十六年の女性のケースでは、電話の相手の最初の一声だけで百十九人を正確に識別できた。

人間の聴覚システムが「いい加減」だという理由は、このループが作成された後にある。百十九人のカクテル・パーティで、人間は、自分の話し相手の声だけを正確に聞き分けて会話を楽しめる。コンピュータには、これができない。百十九人分の声の検索（同定処理）では人間よりも速く処理が可能なのに、話者の発声した言葉に相槌を打つだけの簡単な対話システムでも、実際のカクテル・パーティでは人間の方が速い。

コンピュータは、聞かなくてもいい音を無視できない。いつでも百十九人分の声をすべて入力して、そこから話者の声だけを検索しなければならない。選別したのちに、不要な音を排除することになるが、これは人間が行っている排除とは違う。人間の聴覚システムは、たぶん、排除すら行っていない。

人間と同じ聴覚システムを再現しようとしている工学者は、この「いい加減」の精巧さを、アルゴリズムで再現できない。聴覚システムよりも速い視覚システムを組み合わせて、話者のくちびるの動きを認識しようとしても、機械は人間に勝てない。

世界は、音に満ちているわけではない。空気の振動があるだけだ。それを声や音楽やノイズと感じたいときにだけ、空気の振動が音に変換される。

静寂な世界を壊しているのは、ぼくたちの聴覚システムだ。

——*Who Can Break The Silence?*

大学通りに面したドトール・コーヒーで、ぼくと佳奈は、遅めのランチタイムを過ごしていた。

「ドトールの成功の要因は、高校生がいないことだね」

駅に向かう高校生を見下ろしながら、佳奈が言う。

「どうして、彼女たちはドトールを利用しないんだろう？　彼女たちの目的はコーヒーじゃなくて、友だちと放課後の時間をつぶすことなのに」

「ドトールには、パフェを置いていないから」

ぼくは笑った。佳奈は、壁にはめこまれた鏡と、ショルダーバッグから取り出したフロッピー・ディスククらいの大きさの手鏡とで、合わせ鏡を作って遊び始める。

「でも、ぼくたちが高校生のときって、そんなにパフェを食べたかな」

「麻子《あさこ》ちゃんたちとは、スエンセンズのロッキーをよく食べたよ」

ぼくは、「どうしてこんなところに鏡が置いてあるのだろう？」と不思議になる。スエンセンズにいる女子高校生のためには必要かもしれないけれど、ドトール・コーヒーのジャーマンドックは、鏡を見ながら上品な食べ方を研究するような食べ物ではない。

「気になっている人の前では、大きなパフェなんて食べられないもの。あなたが、わたしを牛丼屋とかスタンドのお蕎麦屋に誘わなかったのと同じだよ」

「そう？」

「うん、あなたが、高三の模試の帰りに四ッ谷《よっや》駅で『立喰い蕎麦に寄ろう』って言ったとき、嬉しかったもの」

彼女は、あいかわらず合わせ鏡を作っている。手が動くたびに、合わせ鏡のなかの鏡像が長いスプリングのように、伸びたり縮んだりする。過去の記憶を呼びよせているように。

「合わせ鏡で遊ぶと、悪魔が出てきちゃうよ」

佳奈が、きょとんとした瞳をぼくに向ける。

「そんなこと、信じているなんて、あなたらしくないね」

「だって、合わせ鏡って神秘的じゃないか」

「どうして？」

「無限を見せてくれる、数少ない例だから」

佳奈は、もう二、三度、手鏡をゆらす。

「本当に、そう？」

「そうだよ。たとえば、無限大の記号を見せられて無限を想像できる人なんてそうそういないし、円周率は無限に回帰しないって言われても、それを事実として知っているわけじゃない。時間は無限だと言われても、それを確かめられない。無限は概念としてのみ存在するんじゃないかって考えているところに、合わせ鏡を見せられると、『ああ、やっぱり』って思えるんだ」

「それを無限と言うなら、反比例の簡単なグラフにだって無限が見られるじゃない。収束しそうなのに、永遠に収束しない、合わせ鏡よりもずっと理想的な例だと思う」

「人間は、そんなグラフを書けない。そして、何兆分の一なんていう単位は想像できても、その長さがどれくらいなのかも想像できない。地と図の違い。図は想像できても、地は想像できない」

「『合わせ鏡の鏡像は無限か？』っていう命題に、無限って答える人は理学部向きで、有限って答える人は工学部向きなんだって。そのわけを知っている？」

「って、無限なんだろ？」

「違うよ。合わせ鏡の鏡像は有限。なぜなら、鏡像はいつか光子の大きさよりも小さくなってしまうから、そのときに像はなくなってしまう。ね？」

ぼくは、ずっと合わせ鏡の鏡像は無限だと信じていたから、佳奈の説明に驚かされた。

「それに、合わせ鏡の鏡像が無限なら、光にも速度があるんだから時間だって無限だよ」

「じゃあ、理学部向きと佳奈に診断されたぼくの答えは間違っているんだ」

「どうかなぁ。『光子よりも小さい像が存在しない』とは証明できないから、概念として、像が存在してもいいわけだし。わたしは、どちらかっていうと、合わせ鏡の鏡像が無限って信じている人の方が好きだな」

「でも、佳奈自身は、鏡像は有限だと思っているんだろ？」

「そう。でも、あなたが理学部向きだとは思わなかった。こんなのって、珍しいよね。たいていは、あなたの方が制御できない情報を否定するのに」

ぼくは、「そうだね」とだけ答えた。

「そういえば、理絵ちゃんも、無限だって言っていた。やっぱり兄妹なのかな」

佳奈は、ぼくから視線を逸らす。いままで一度も話題にならなかった合わせ鏡の鏡像のことを、彼女たちはいつ話していたのだろうと不思議になる。

「理絵は理由があって、そう考えていたんだろうけれど、ぼくは、なんとなくそう考えていただけだよ」

「それは、なんとなく思っていたことに、帰納的な説明を加えた結果だよ。直感的にそう信じられるセンスが、兄妹だなって思ったの」

佳奈はひとりっ子で、ぼくに妹がいるのを羨ましがった。

「ぼくは、ときどき、血がつながっているのは佳奈と理絵で、理絵とはただ同じ家に住んでいただけじゃないかって疑う」

「わたしたち三人を比べれば、誰が見たって、あなたと理絵ちゃんが兄妹で、わたしが部外者よ。よく似ているもの。外見とかじゃなくて」

「たとえば？」

「合わせ鏡の鏡像が無限っていうのもそうだし、音楽の趣味とかも」

「それはないな。ぼくと理絵の持っているCDの趣味なんて、まったく共通項がない。ぼくに言わせれば、エンヤのどこがいいのかさっぱり分からない」

「好き嫌いは別として、その判断のポイントが一緒なのよ。同じ要因で、好き嫌いが分かれているだけ。たとえば、『赤い正方形を見せた後で、赤い円と青い正方形を見せられて、どちらが最初に見せた絵に近いものですか？』っていう質問に、あなたと理絵ちゃんは、迷わずに青い正方形を選ぶでしょ」

佳奈は、いつのまにか手鏡をバッグにしまっていた。

「わたしは違うもの。絶対に、赤い円の方だと思う。どちらが優れたセンスかっていう問題じゃなくて、そういう違いって大切だと思う。そして、そういう感覚って、後天的なものじゃなくて、DNAによって伝達されているような情報だと思うの。たしかに、後天的な感覚では、三人の中では理絵ちゃんとわたしは近くて、あなたは少し外れているかもしれないけれど、あなたと理絵ちゃんは、やっぱりDNAが一緒だと思う」

ぼくは、「そうかな」と思う。

「つまり、アルゴリズムが一緒なのよね。ただ、どこかでプラスとマイナスが逆になっちゃっているだけだと思う」

「DNAによって運ばれる情報が、それほど大切だとも思わないけれどな」

「そう？　まぁ、あなたは兄弟がいないという状況を知らないから」

ぼくは、再び、合わせ鏡の鏡像のことを考えた。

「佳奈にとっての無限ってなんなの？」

佳奈は、しばらく首をかしげていた。

「あなた……かなぁ」

「ぼく？」

「うん。あなたのことだけが無限に分からない。理解できたと思ったら、すぐに、新しく理解できないところが出てくる。なんて言えばいいのかな、サルトルみたいに『地獄とは他人のことだ』っていう意味じゃないよ。わたしにとって、あなたは無限なの」

――*Infinity Mirror*

PRIMARY WORLD #7

市街地にあるホテルの最上階から東側を眺めると、グリフォンズ・ガーデンを覆い隠す森は、豊平川《とよひらがわ》の向こうに深い緑色にひろがっている。森の西側、住宅街に接する辺りは公園として開放されている。天気の好い週末ともなれば、公園は家族連れでにぎわい、その奥にあるグリフォンズ・ガーデンを忘れさせる。実際、その森にグリフォンズ・ガーデンという名前があることを、関係者以外は知らない。森の北側に小さな外門があり、スライド式の鉄の門扉に、目立たない文字が刻まれている。

〝GRIFFONS' GARDEN〟

正式名称である『財団法人 知能工学研究所』の文字は刻まれていない。蔦がからまる門は、富豪の別荘という雰囲気だ。門の向こうには、枝をひろげた樹々さえなければ、小型飛行機の滑走路にもなりそうなまっすぐな道が続いている。木立の中にグリフォンの石像が見られ、樹々のトンネルを抜けると、十二時の建物すなわち守衛所がある。

「おはようございます」

「おはよう。藤野さんからの伝言で、今日は風邪で欠勤だそうだよ」

顔馴染みになった守衛が、詰め所から身を乗り出して、車の中のぼくに教えてくれる。

「そうですか」

「帰りにお見舞いに行ってあげるといい」

守衛は、ぼくと藤野さんの関係を誤解しているのだろう。ぼくは、彼のおせっかいにもう一度、笑顔を作って、車を十時の研究棟に向けた。そして、前日と同じようにIDA-10の端末に向かい、DWSで遊び始める。

DWSの中の《世界》には、《彼》しか存在していない。その《彼》にも実体はなく、《彼》の主観に情報を与えることで《世界》を創造している。

人工知能のゴールを設定しようとしたとき、人間の認知システムで、最も分からないのは「分かる」ということだ。「何を以て『分かる』とするか」が定まらない。

入力されたデータを何らかの意味がある情報に変換して出力することはできる。医療診断や経営意思決定支援に人工知能研究を応用したエキスパート・システムは、医療診断ならば患者の症状を、経営意思決定ならば財務諸表の数値などを入力して、それを情報に変換する。けれども、エキスパート・システムが疾病や企業経営を理解していると考えるのは早計だ。システムは、入力データを計算しているだけで、医師や経営者のように状況を把握しているとは言えない。

人の顔を判断するシステムでも、それは同じだ。ぼくが、ある人を知っているとすると き、彼のどんな方向からの顔、どんな表情でも、だいたい彼だと判別できる。守衛は、数メートル先に停まった車の中のぼくを見て、瞬時と言ってもいい短時間で入構を許可する。守衛を人工知能に置き換えて、ある顔から、筋肉の伸縮などを計算して表情のサンプルを作っておく。グリフォンズ・ガーデンの技術を応用すれば、守衛と同じくらいの時間で、入構の可否を判別するだろう。ただ、車が遠隔操縦されていて、運転席のぼくが死んでいても、人工知能は門を開けてしまう。

だからといって、「自分が分かっている」ということが、どういうことなのかも、正確に定義できているわけでもない。

人工知能開発で最も分かっていない問題に対して、DWSは「分かる」ということを回避してしまっている。DWSの《彼》にとって「分かる」とは、あるデータに対して、「バイオ素子が保有する情報をどれだけ付加できるか」の程度に拠っている。入力データにより多くの情報を付加できれば、それはより認識が深くなったと解釈している。

DWSにおける短期記憶・中短期記憶・長期記憶は、それぞれ入力・分析・保存ということもできる。

短期記憶クラスには、画像、音響、言語の各サンプルから、データが入力される。画像と音響のサンプルから、視覚と聴覚に関するデータを同時に入力する。この際に、言語サンプルから、味覚・痛覚（触覚）などの感覚を表現する言葉を付与する。短期記憶クラスが扱えるデータ量は、人間が四秒間に受け取れる情報量とほぼ同程度で、最大一MBの容量を設定している。同時に、短期記憶クラスは、データの中短期記憶クラスへの入力要否を選別する。視覚情報であれば背景と客体画像、聴覚情報であればノイズと客体音の選別作業となる。

中短期記憶クラスは、短期記憶から入力されるデータに対して、言語サンプルを再検索して、「赤」に「紅葉のような」という抽象的な単語を付与する。さらに、長期記憶で類似検索を行い、入力データとは一見無関係な「初めてのデートをした秋の午後を思い出した」という感情を作ることも可能だ。つまり、この中短期記憶クラスが、人間でいう「分かる」という作業を行っている。中短期記憶クラスが扱える情報量は、人間であれば二、三分の情報量にあたる最大百MBを有している。

以上の二つのクラスは、半導体素子を割り当てているので、記憶は任意に消去と読み込みを繰り返すことができる。

長期記憶クラスでは、短期記憶と中短期記憶から入力される情報を統合して、バイオ素子に記憶させる。バイオ素子は、活性状態を四十日程度しか維持できず、素子間でコピーを繰り返している。このため、同じデータが重複して保持されるので、長期記憶クラスの記憶容量は正確に測れない。

そんなことを研究ノートにまとめていると、ドアをノックする音が聞こえる。藤野さん以外で、ぼくの研究室に用事がある人は珍しい。応える前にドアが開けられる。

「君、藤野主任の部下？　いま、部屋にいないみたいなんだけれど」

「ええ。藤野さんは風邪をひいてお休みです」

「じゃあ、あの女子高生に、百ギガ単位のディスク利用申請を、ちょこちょこ出すのはやめて、って言っておいて」

身体にぴったりフィットしたジャージを着た女性が、スーパー・コンピュータの利用申請書を突き出す。三十代半ばに見える彼女は、アスリートのように引き締まった身体つきで、ワンレングスの似合う美人だ。

「百ギガだと問題があるんですか？」

「君の家の洗濯機には、まだローラー式の脱水器がついているでしょ？」

突き返された申請書を見ると、藤野さんは、磁気ディスクの申請欄に印刷された「TB」に二重線を引いて「GB」に訂正している。モデルのようなこの女性が、藤野さんの言っていた「上下ジャージの服しか着ないおばさん」なのだろう。たしかに、藤野さんよりは歳上に見えるし、上下ともジャージを着ているが、胸元にはプラダのロゴマークがプリントされている。

「いまどき、ギガはないですね」

藤野さんには悪いが、ぼくは苦笑しながら答える。もっとも、テラ・サイズの記憶装置があっても、使い途を思いつかない。

「ところで、君、いま、IDA‐10の端末を使っていた？」

「ええ」

「あんなものが使えるの？　23進法モデルのプログラミングなら、四時の次期システムを貸してあげてもいいよ」

「ソリッド・ステートのコンピュータの方は、23進法の疑似コード化での処理ですよね」

藤野さんのために反論を試みる。

「だから、次期システムって言ったでしょ。来春には、ファームウェアを23進法に対応させる」

仮に、ファームウェアを23進法に対応させたとしても、128ビットないし64ビットのプロセッサで、23進法コードを扱うと、未使用の回路ができるために、プロセッサの能力を最大限に活用できないジレンマがある。

「次期システムの一バイトは、オクテットのままですか？」

「そこは、どうしようもない。半導体を使うかぎりバイナリ・コードで処理する必要があるし、オクテットの固定観念を変えるプロセッサは、どこのベンダーも作りたがらない」

彼女は、名乗りもせずに、ぼくの研究室に入ってくる。コンピュータのデータを扱う単位である一バイトは、符号なしの整数で〇から二五五までを扱える八ビット（オクテット）だ。一バイトが八ビットである必然性はないが、彼女の言うとおり、ICチップを製造するメーカーがそれに囚われている。一バイトは、16進法二桁で00からFFまでを使って表す。

「それだと、せっかくの処理能力を無駄にしませんか？」

「八時の方針なら、それを実現するだけの能力を確保するのが、こっちの仕事なんだからしょうがない」

彼女は、椅子の背もたれに両腕を組み、そこに顎を載せてIDA‐10のモニタを眺めながら言う。

「まぁ、そうかもしれませんね」

ぼくは、彼女に少し同情した。

IDA‐10は、バイオ素子内のイオンの電荷状態によって二十三種のコードを表現できるので、バイナリ・コードの束縛がない。イオンの電荷別に1からNまでの数字（記号）が割り当てられ、IDA‐10の扱う一バイトになる（電荷がない状態のゼロをIDA‐10では扱わない）。

「二時の人たちは、半導体メーカーと関わらないから、23進法なんていう自由な発想ができるのよね。君は、IDA‐10を使い始めて、JやKが10進法で何番目の数字に当たるか、すぐに対応できた？」

「まだ慣れませんけれど、ソフトウェア部門では、コンピュータが何進法で処理しているかを気にしなくても、プログラミングができます」

「それなら、プロセッサに余剰能力が隠れていることなんか気にしないで、四時の次期システムを使えばいいじゃない？」

彼女の言うことは正しい。十分な演算能力があれば、ソフトウェア技術者には見えない無駄があっても、ソリッド・ステートのコンピュータの方が使い勝手がいいかもしれない。けれども、IDA‐10はそれだけではない。

「IDA‐10のストカスティック性は、案外と面白いですよ」

「IDA‐10のバイオ素子間のコピーをストカスティックって称するのは、フォン・ノイマンの唱えたストカスティック演算と混同するからやめてほしいんだけれど……。君は、何に使っているの」

「データの覆蔵に利用しています」

「覆蔵性」という造語を理解しているとは言い難いが、会話の流れで言ってみた。バイオ素子は、多細胞によって構成され、入力されたデータが、どの細胞に記録されたかを確定できない。一時間前に入力したデータと、一週間前のものが、ひとつのバイオ素子に記録されるし、バイオ素子間のコピーによって、同じデータが重複して記録される。

「コピー先のバイオ素子を確定できないのは、リスキィだと思わない？　遡及できる前提で作成したデータを検索できない可能性がある。それなら、実行ログをすべて保存する仕組みを構築してあげるから、『覆蔵性』なんていう遡及もどきより、四時の次期システムを使ってみない？」

彼女は、「貸してあげる」と言いつつ、四時の研究棟で構築する次期システムの試用者を探しているのかもしれない。

「完全な遡及性を求めて、実行ログを常に記録するなら、テラ・サイズの記憶領域でも足りないかもしれません」

「うーん、そこなのよね……」

データの遡及とは、プログラムから出力されたデータが、どのような演算処理の結果なのかを、すべて管理できるということだ。たとえば、「3」という出力に対して、それが、「1＋2」と「6÷2」のいずれの結果なのかを記録する。これが、気象予測のような複雑なプログラムともなれば、「明日の降水確率は三十％です」という結果に対して、大量の演算過程（実行ログ）を記録しなければならない。

ＩＤＡ-10は、演算過程とアウトプットをすべて保持することを、プログラマ向けマニュアルに明記している。一方で、磁気ディスクや磁気テープであれば、意図的にデータ消去を行わないかぎり、記録データを半永久的に保持できるが、バイオ素子の弱点は、活性期間が限られていることだ。不活性になった素子のデータは消えることはないが、検索処理に時間がかかる。この弱点の解決策がバイオ素子間のコピーなのだが、彼女が「リスキィ」と言うように、プログラマはコピーを制御できない。プログラマが分かっているのは、コピー先の素子は、コピー元の素子を検索できるということだけだ（これとは逆に、コピー元の素子からコピー先を検索できない）。

従来のコンピュータのデータ検索には、シーケンシャル・アクセスとランダム・アクセスの二方式があり、任意のデータを検索する場合は後者を利用するのが効率的だ。これは、市販のワークステーションでも、四時の研究棟が提供するスーパー・コンピュータでも、処理速度の差があるだけで、アクセス方式に変わりはない。けれども、ＩＤＡ－10では活性度の高いバイオ素子から検索を行い、目指すデータが活性度の低い素子に保持されていれば、レスポンスが悪くなる。

「バイオ素子間のコピーで、疲弊した細胞のデータが欠落するリスクは、人間にたとえると『忘れる』っていうことですよね。ソリッド・ステートのコンピュータは、忘れることができません」

「どういうこと？　四時のコンピュータにだって、ＦＩＦＯ《ファイフォ》でもスタックでも、削除方法は指定可能よ」

彼女は、藤野さんが嫌うほど、感じの悪い研究者ではない。

「削除と『忘れる』は違うと思いませんか？　ＩＤＡ－10のバイオ素子は、非活性状態に
なっても、そのデータを消しているわけではないので、活性状態のコピー先素子からコピ
ー元をたどれば、データは検索可能です」

「君の言うとおり、ひとつのバイオ素子板の中で、すべてのデータの系譜ができる。でも、
検索可能というだけで、レスポンスを保証していないのよ。そのときの遅延は、どう解決
しているの？」

「処理全体のターンアラウンドに対して時間制限をつけています」

「結果として、削除されたデータの検索エラーと変わらない」

「それを気にしないシステムなんです。なんて言えばいいかな……。バイオ素子間のコピ
ーのストカスティック性を利用して、人間の脳における記憶の凝縮を再現させようとして
いるんです」

「ふーん……。わたしが、あの女子高生を気に喰わないのは……」

彼女は、藤野さんの悪口を言い始めたのに、しばらく何かを考え込んでいる。

「つまりね、チューリング・テストってＡＩのテストだと言いながら、コンピュータの演
算能力をフルに活用しないところなのよね。こっちは、差の大きい浮動小数計算も可能な

演算能力を提供しているのに、それを封印するじゃない？」

「まぁ、人間らしくない機能ですからね」

「能力をフルに活用しないのが、AIの目指すところだと思う？」

「それは分かりません」

「ソフトウェア部門の人って、AIについて踏み込んだ議論をしようとすると、すぐに『分からない』って言い始める」

「AIは、人間を再現したものなのか、ある能力を極大化したものなのかが、はっきりしていないからだと思います」

「それが正解でしょうね。ただ、こっちの苦労も少しは理解してほしい」

「四時のコンピュータは、IDA-10に比べると、マン・マシン・インターフェイスの使い勝手がいいと思っています」

「でしょ？　君、こんなところにいないで、四時に来ない？」

彼女が、初めて笑顔を見せる。

「グリフォンズ・ガーデンの中を移動するのに、ホバーボードを貸してもらえるなら、考えます」

「二〇一五年までに作るから、それまでに転属願いを出しておいて」

彼女は、笑いながら、部屋を出て行く。藤野さんの悪口に一矢報いたつもりだったが、彼女は、二十五年後にホバーボードを実現する自信があるのだろう。完成時期を知っているあたり、案外、藤野さんとの相性が好いかもしれない。

彼女の言った「ひとつのバイオ素子板の中で、すべてのデータの系譜ができる」という科白は、IDA-10だけでなく、DWSにも当てはまる。

ぼくの創造した《世界》が、実際にはどこに存在しているのか、という質問に答えるならば、それは、どこにも確固として存在しない。《世界》は、時間の経過とともにDWSの中を情報が流れていく系譜だ。それを静的に捉えることはできない。

《世界》は、「もの」ではなく、系譜という「ものがたり」なのだ。

—— *Genealogy*

DUAL WORLD #7

ぼくと佳奈は、週に一、二回、銭湯に行く。高校生のころは、夜中に二人で会う口実だったのが、二十二歳になっても続いている。

どこにでもありそうなその銭湯にも、洗い場に合わせ鏡ができていて、ぼくは熱い湯船につかりながら、無限のことを考えていた。

「佳奈、出るよ」

「はーい」

男湯と女湯を隔てる壁の向こうから、佳奈の声が高い天井に跳ね返ってくる。髪を乾かして、あんま椅子を楽しんでから男湯の暖簾《のれん》をくぐると、まだ濡れた髪の佳奈がガードレールに腰かけていた。

「今夜は、早かったんだね」

ぼくは、雨上がりの風を半袖の腕に感じながら、佳奈に言った。

「というよりも、あなたが遅かったんじゃない?」

佳奈は、するりと腕を組む。

「さっきお風呂でね、よく会うおばあちゃんに、『今夜はボーイフレンドのお呼びがないのね』って、冷やかされちゃった」

「ふーん」

ぼくは、雲の切れ間から街を照らす十六夜の月を見上げる。

「わたしたちって、あの銭湯では有名なカップルだったりして」

「恥ずかしい？」

「ううん」

佳奈が首を横に振ると、コンディショナの香りが撒き散らされた。

「どうしたの？　黙っちゃって」

「何でもないよ。ただ、今夜は十六夜だなって思ってさ」

「あなたは、変なことを知っているよね。いまどき『いざよい』だなんて」

ぼくの顔を覗き込むような佳奈の瞳に、月が映っているような気がした。

「でも、あなたのそんなところが好きだよ。二人で銭湯に入って、わたしの名前を壁の向こうから呼んで、お風呂あがりに十六夜なんて言っちゃうあたりが、とても。……デニーズでお茶飲んでいこ」

「そうかな」

ぼくはうなずいて、佳奈を送る途中のファミリーレストランに、濡れた髪のガールフレンドを連れて入った。案内された席からも、ビルの陰に隠れかけた十六夜が見えた。

「さっき、あなたが呼んでくれるのが遅かったから、変なこと考えちゃった」

たばねた髪を窓に映して、佳奈が言う。

「どんなこと？」

「男湯は存在するのか、って」

「佳奈にとっては不要だろうけれど、とりあえず存在しているよ」

「あなたの言うとおり、存在している必要がないのよね。極端な話、あの壁の向こうには、ただのがらんとした空間があって、お風呂の音を録音したCDプレイヤーがあるだけだとしても、わたしには何の支障もない」

「実は、そうなんだ。今夜、ぼくが長風呂になっちゃったのは、ポーカーをやっていて、フルハウスになりそうだったから、ベットを吊りあげていたんだ」

佳奈が、下手な冗談に笑う。

「本当？」

「本当だよ。銭湯の天井が左右対称なのは、『天井が左右対称だから、浴場の構造も女湯と同じだろう』って女の人たちに思い込ませるためなんだ」

「はいはい。……でも、必要のない存在って、必要なのかな」

佳奈は、いつだって、どんな疑問にだって、真剣な表情になる。

「共通の認識を持つためには必要だと思う。いま、テーブルの裏側は必要ないわけだけど、そこがブラックボックスになっているんじゃなくて、やっぱりぼくと佳奈の足が存在しているのは必要だよね」

ぼくは、テーブルをこぶしで軽くたたいた。テーブルの裏に、ぼくたちが想像する空間があることを、乾いた音が教えてくれる。

「それなら、自分の視界以外のほとんどの世界については、他人とのコンセンサスを持っていれば、存在は必要ないってこと？」

「そうなるかな。ぼくたちは、物質世界に存在しているわけじゃなくて、すべて物語の世界に存在しているんだから」

「物語の世界、ね」

佳奈は、ぼくから視線をそらして、窓の外の十六夜に視線を向ける。月が、ビルの陰に隠れていく。月明かりに支配されて、ゆっくりと時間が流れる夜だった。ぼくは、自分たちが『物語の世界』にいるのだと言いながらも、それを肯定も否定もできない。

やはり、机の裏側は存在しているし、いま背中を向けている店員にはさっきと同じ顔がついているのだろうし、地球の裏側、リオデジャネイロにある時計とぼくの腕時計は、同じ長さの一秒を刻んでいるべきだろう。必要がなくても、存在していると考える方が直観に近い。

佳奈が口をつけたミルクティーは無味でも問題ない。けれども、ぼくが「ちょっと味見させて」と言って口をつける瞬間にミルクと紅茶の味を取得するより、ずっと同じ味をしている方が合理的だろう。世界は、合理的でなければならない。それと同じように、衛星の公転により反射がずれた十六夜も、球体の月であった方が理に適っている。

「ときどき、本当に物語の世界にいるみたいな気分になるの」

佳奈がつぶやくように言う。

「わたしとあなたがいま一緒にいるのが、偶然の途上だとは信じられない。必然の結果でしかありえないような気がする。……いま、あなたが言った『物語の世界』とは、ちょっと別の意味だろうけれど」

「そう？」

佳奈の言うとおりだ。もしも、佳奈と出遭うことが所与だったと言う人がいれば、ぼくは、それを否定しきれないだろう。

「ロールプレイング・ゲームの正解にいるような気分。……うーん、うまく言えないんだけど、分かってくれる？」

「どんな選択をしても、正解に導かれるロールプレイング・ゲームみたいな感じ？　ストカスティックな要素のどの選択に対しても正解が用意されている」

「それとも、ちょっと違う。どんな選択をしても、その選択をした途端、それに合わせて正解が変わってしまうロールプレイング・ゲームって言った方がいい」

ぼくは、「なるほど」とうなずいて、席を立つ支度を始めた。

「ひとつだけ、最後まで、どんなことがあっても、存在の必要がないものを見つけた」

佳奈の家に着いて、玄関を開けた彼女が振り向いて言う。

「ぼくたちの脳？」

「ううん、そんなものは、脳手術のときに局所麻酔で済むようになれば、視神経を切らないように眼球をえぐり出したときに見られるじゃない」

ぼくは、そのグロテスクな光景を想像した。

「だから、そんなのじゃなくて、……自分の瞳よ。これだけは、自分にも他人と同じ器官がついているというコンセンサスのもとにしか存在しない」

「鏡を見れば、十分だ。そこに自分の瞳を確認できる」

「そんなことは、鏡に左右反転の像が映っているっていうコンセンサスにすぎない。視神経を切らないように、合わせ鏡みたいに両眼を向き合わせたら、何が見えるのかな？」

どうして佳奈はそんな残酷な思考実験をさらりとやってのけるのだろう。

「愛している、って言って」

「照れくさい」

「眠れなくなっちゃう」

「『照れくさい』の英訳は、I love you だよ。おやすみ」

「おやすみ」

――*16th Moon*

PRIMARY WORLD #8

DWSの時間は、デジタルに進み、連続性も担保していない。

《世界》のたったひとりの観察者である《彼》の認識は、中短期記憶クラスによって成立している。中短期記憶クラスが出力できる時間は、最小で一秒単位にしかならない。

短期記憶クラスに視覚データを入力した時点で、《彼》はまだ何も認知していない。五感が常に並行処理をしているように、音響サンプルなどから取得するデータと混成した後、中短期記憶クラスで、「何かを見た」とか「何かを読んだ」という二次データが作成され、さらに長期記憶クラスのバイオ素子と記憶のやりとりを行ったうえで、初めて情報となって、ディスプレイに色彩パレットから選択した色を出力する。

そして、《彼》の認識が《世界》を成立させている。「情報」を作成する時点で、不要な背景情報を付加している点による。必要な情報だけを扱うのであれば、それはエキスパート・システムや機械翻訳システムと変わらない。《彼》は、この不要な情報によって、いかにも《世界》が連続して存在しているかのような認識を与えられている。

東京の梅雨を思い出す雨の午後、藤野さんから昼食に誘われる。グリフォンズ・ガーデンには、八時の研究棟にしかカフェテリアがない。ぼくは、そこの職員が、研究者としては見切りをつけられて、再雇用が決まるまでの猶予期間で働いていることを知ってから、コンビニエンス・ストアで買っておいたサンドイッチか冷めた弁当で昼食を済ませていた。

「こないだ、四時の研究棟のおばさんとやりあったの？」

藤野さんは、自分の研究室の机に自作の弁当を並べながら言う。

「やりあったと言うか、ＩＤＡ－10について、少し話をしました」

「いやな感じの人だったでしょ？」

「研究の話しか、しなかったから……」

ぼくは、言葉を濁して、並べられたおにぎりに手を伸ばす。

「このおにぎり、おいしいですね」

「ありがとう。二人分を作るのもたいして変わらないから、明日から、毎日、作ってこようか？」

ぼくは、由美子に後ろめたさを感じて、「週に一回もご馳走になれば十分です」と遠慮した。

「最近、君、アーカイヴにいないよね」

「IDA‐10で、簡単なシステムを作っています」

「どんなシステム？」

食べ物に釣られたみたいで、苦笑した。

「赴任した朝、佳奈っていう名前を言ってしまいましたよね。その佳奈という女性は、札幌に来る旅客機の中で見たゆめの登場人物なんです。ひどく現実的なくせに、まったく知らない女性でした」

「それで？　ゆめの解析でもしているの？」

「彼女が登場する物語を作っているんです」

「IDA‐10で？」

「そうです」

ぼくは、藤野さんの手料理を食べながら、DWSの説明を始めた。

「ちょっと待って、その中短期記憶クラスの出力が非連続ってことは、《彼》はコマ送りでヴィデオを見ているような感じなの？」

「映画の一コマが二十四分の一秒なのと同じように、《彼》の感覚では《世界》は連続しているはずです。長期記憶クラスの検索結果が一定の量になったところで、中短期記憶は処理を中断します。映画の一コマに、あまりにも多くの情報を詰め込まないのと同じです」

「それを何日も続けるのは、たいへんじゃない？　映画だって、二時間のフィルムを作るのに、一年も二年もかかるのよ」

「だから、《彼》の意識では二、三十分の出来事を一ステージとして、そこで話を切ります。次のステージの冒頭で、『一昨日はガールフレンドの演奏会のあと、二人で食事をした』とか『昨夕《ゆうべ》は銭湯に行った』とかという言葉だけの設定を入力するんです」

「なるほどね。いまのわたしだったら、『三十分前に、君をお昼ご飯に誘った』みたいにしているわけ？」

「そうです」

藤野さんが、食後のお茶をいれてくれる。

「一ステージを作るのに、どのくらいかかるの？」

「多いときで、一週間に二ステージです」

ステージの内容は、東京にいたころの由美子との実際の思い出や、そのころ読んだ小説の話をアレンジして、週末に考えることが多い。月曜日に出勤すると、週の前半を使って、視覚データ、音響サンプル、《彼》と話者の科白を準備する。短期記憶クラス、中短期記憶クラスを担うスーパー・コンピュータの処理能力に、CD-ROMの読み込みは追いつかないので、準備したデータなどは、一旦、ワークステーションの磁気ディスクに記録し、木曜日か金曜日にそれらを入力して、DWS内での時間感覚で約一時間のステージを、一、二個完成させる。

「一週間で、一時間くらいしか進まないってこと？」

「それは《彼》にとっての一時間で、システムの外にいるぼくには、二、三分で終わってしまいますけどね」

「プログラミングって、どれも同じだけれど、単調で気長な作業ね」

世界の創造主が同じことをしているとは思えないが、それをシミュレートするぼくは、藤野さんの言うとおり、ひどく単調な作業を繰り返している。

「うーん……、さすが、っていう感じね」

「それって、褒めてくれているんですか？」

「そうよ。このグリフォンズ・ガーデンの人たちはみんな、AIを実現させることにしか興味がないのに、君ったら、それに逆行するようなことを始めちゃったんだもの。感心に値する」

「逆行しているとは考えていないんです。バークレイのドレイファスのようにAIに対して、明確に反対の立場をとっているわけではありません。ただ、いまのAI開発は、コンピュータの力に頼り過ぎているんじゃないかと思うんです」

「たとえば？」

グリフォンズ・ガーデンで採ったというハーブから抽出したお茶は、単調な作業に疲れた身体をすっきりさせてくれる。

「四時の人と話して気づいたんですけれど、フレーム問題にしても、演算能力を強化していけば解決できるはず、みたいな楽観があるように思えるんです」

「それは、あのおばさん以外は、みんな、気づき始めているんじゃないかな。だから、ドレイファスの言うことにでも、『科学絶対主義の単純な反対論者が何か言っている』って、一蹴できないジレンマを抱えている」

「そうかな。ぼくは、フレーム問題に取り組んでいるソフトウェア工学でも同じように感じることがあります。彼らが『現状のコンピュータのせいで解決できない』みたいなことを口にするから、ハードウェア部門は、躍起になって、浮動小数演算のような、人間の能力とは直接関係しない演算能力の向上を図ろうとしている傾向がありませんか？」

雨足が強くなったのだろうか、窓の外の森からコントラストが消えていく。

「その指摘にも納得できるけれど、ＡＩは、人間のシステムにコンピュータの能力を付加したものが目標でもいいと思う」

「だから、そのアプローチなんです。まず、人間のシステムを模倣するのか、それとも、コンピュータに得意な作業を完成させてから、それに人間の能力を付加するのか、どちらかのアプローチを選択する必要があるんです」

「ということは、君はその前者のアプローチを選んだっていうこと？」

「そうかもしれません」

「わたしは違う。コンピュータで人間の模倣を追求しても、AIは完成しないと考えている。AIの目標は、まったく別のシステムによる人間の能力の模倣だと思うの。たぶん、優秀なAIに組み込まれるアルゴリズムは、人間の思索とは似て非なるものになるんじゃないかな」

「それなら、認知科学や知能工学はAIにとって無意味です」

「ううん、そう言いたいんじゃないの。空を飛ぶために、突然、飛行機が作れたわけじゃないでしょ。最初は、鳥を模倣した凧とかグライダーとかを作ったけれども、たぶん、試行錯誤の中で、羽の動きを模倣するのは非効率だと気づいた。そこで、固定翼のまま、離陸速度を得るために、既存の車輪とエンジンの技術を応用した」

「模倣までが、認知科学の役割ですか？」

「結果としては、羽の筋肉の解剖は無駄だったかもしれないけれど、流体力学と揚力の発見につながった意義はある。目的は、鳥になることではなくて、空を飛ぶことだったのだから、似ているものを研究するのは必要なことだと思う」

「なるほど」

「だから、人間の能力を何によって実現しているのか分からない現時点では、闇雲に人間のメカニズムを解体していくのは必要だと思うの。カルシウムの摂取に重要な秘密が隠されているのかもしれないし、これだけ特異な皮下脂肪にそれがあるのかもしれない。いま分かっているのは、その結果の部分だけ」

人工知能の話を続ける藤野さんは、無邪気な高校生のようだ。

「君のシステム、えっと……」

「デュアル・ワールド・システム」

「それが無意味だとは思わない。君は、AIのアプローチを考えているわけだし、その知識も持っているのだから。熊のロボットを作るのに、熊のぬいぐるみに入ってみるのは必要だもの。それが工学者の忘れている方法かもしれない。よつんばいになって森を走ってみれば、見ていただけじゃ分からない関節の動きも分かるかもしれない。でも、それをそのまま模倣しても、工学者にはなれない。工学は新しいものを創造することだと思うの。だって、熊の形をしていなければ、森の中だって、熊より速く走る技術をわたしたちは持っているんだから。そうは思わない？」

ぼくは、うなずいて、窓の外の雨を眺めた。

「そんなふうに言われてしまうと、何か成果を出さなくちゃならない気分になるな」

「そんなこともないんじゃない？　知識は、雪崩《なだれ》と同じ。ある日突然、蓄積した知識が、自重に耐えられなくなって音《ね》を上げるの。それまでは、何のために降り積もっているのかも、どれくらい積もったのかも分からない」

「そうですか？」

「そうよ、ゆっくり、ＡＩを作っていきましょう。わたしたちが中途に終わっても、それを引き継いでいく工学者が、いつかきっと人間以上の機械を作ってくれる」

ぼくは、食事のお礼を言って、自分の研究室に戻る。再び、単調な作業を始めて、ふと、藤野さんとの昼食に他の研究者もいたとすれば、と思う。その小一時間を再現しようとすれば、一週間の作業では、到底終わらない。

——*Dialogue*

DUAL WORLD #8

ランチタイムが終わったカフェテリアで、ひとりで昼食をとっていると、佳奈のゼミの大学院生から声をかけられた。ぼくは、生協で買ったサンドイッチを食べながら、新聞のクロスワード・パズルを解いているところだった。

「こんにちは。佳奈ちゃんは？」

「いまの時間は講義です」

武田《たけだ》さんは、断りもなく、ぼくの前に座る。

「クロスワード、好き？」

「暇つぶしには」

「ふーん、英語と日本語のクロスワードでは、どちらが難しいか知っている？」

「さぁ……、英語かな」

「ううん、日本語。日本語の方が、ひらがな一字の情報量が少ないから」

彼女は、チーズ・アンド・エッグをはさんだマフィンを食べながら、自分の専攻の話を始める。

「英語で単語の先頭がQなら、二文字目はほとんどUになるでしょ。それは、Qが持っている情報量が大きいわけ。そんなことを考えなくても、アルファベットが二十六文字に対して、平仮名は濁音と半濁音を加えれば七十六文字もある。すべての文字が均一に出現するとしても、日本語の方が不確定要素は大きいし、つまりエントロピが高い」

言語学を専攻しているのに、彼女の日本語はどこかおかしい。ぼくは、彼女の言葉を、頭の中で並べかえてみなければならない。

「武田さんは、そんなことを考えながらクロスワード・パズルを解いているんですか？」

「どうかなぁ？ ただクロスワードをコンピュータで解こうとしたことはある。できなかったけれど……。コンピュータは、問題文を理解してくれないのよね」

「ふーん。ところで、ペンタゴンをひとりで守っている女性の名前って知っていますか？」

「ペンタゴン？」

「合衆国の国防省です」

ぼくは、紙ナプキンに五角形を書いてみせる。

「エイダ」

どうして「エイダ」なのか分からなかったけれども、「エイダ」を入れるとパズルがつながる。

「暇なら、わたしの日本語対応システムのテストをやってみてくれない」

簡単な食事を済ませた武田さんが言う。クロスワード・パズルを完成させたかったけれども、断る理由が見つからないので、彼女の研究室に行くことにした。

「わたしが作った都内のガイドシステムなの。テストの方法は、君がそのキーボードに質問を入力すると、二つのディスプレイにそれぞれ回答が出るから、どっちがコンピュータの回答なのかを当ててほしい」

彼女は、二つのディスプレイに対して、ひとつだけキーボードが置かれた机を指して、椅子を勧める。彼女はディスプレイの裏側に座った。

「コンピュータではない方のディスプレイの回答は、何なんですか？」

「わたしの回答」

「システムを作った武田さんが回答するんなら、見分けられないと思いますけれど……」

「本当は、システムとは無関係の人がやるべきなんだけれども、いまはわたしと君しかいないし、仕方ないから我慢して。口語体でいいから、都内でどこかに行きたい、っていう質問を入力してみて」

ぼくは、キーボードに質問を入力した。

『新宿に行くには、どうしたらいいですか』

「質問完了、というために、文の最後にクエスチョン・マークを入力してくれる？」

『新宿に行くには、どうしたらいいですか？』

右『いま、どこにいますか？』

左『いま、どこにいますか？』

左右のディスプレイに同じメッセージが出力される。

『三軒茶屋です』

右『新玉川線で渋谷に行き、次はJR山手線外回りに乗ってください』

左『世田谷線で豪徳寺に出て、次は小田急線に乗ってください』

「もっと、難しいのでもいいよ。『渋谷《しぶや》駅にいて、おいしいトンカツが食べたい』とか」

並んだディスプレイの向こうから、武田さんが言う。

『武田さんも、トンカツを食べるんですか？』

右『質問の意味がわかりません』

左『質問の意味がわかりません』

『国立にいます。東伏見でおいしい寿司を食べるためのルートを教えてください？』

若干、左のディスプレイの方が、回答の出力に時間がかかったようだ。左のディスプレイが人間の入力だと見当をつけたけれども、回答を見て、それを否定した。

右『JR中央線で新宿に行き、次はJR山手線外回りで高田馬場に行き、西部新宿線で東伏見に行ってください。北口に恵寿司という店があります』

左『JR中央線で国分寺に出て、西武多摩湖線で萩山に出て、西武新宿線で東伏見に行ってください。駅の北口に煙草屋があるので、そこの店員に訊いてください』

「分かりました」

「えっ、もう？」

「コンピュータが左ですよ」

彼女が、机を廻って、ぼくの後ろに来る。

「どうして？」

「西武《せいぶ》線の『ぶ』の字が『部』になっているのは、人間が入力を行っている証拠です」

ぼくは、右のディスプレイで、漢字の誤変換を指差した。

「典型的なミスだなぁ……。コンピュータの回答作成後に、タイムラグを設けるだけでは駄目だったか」

「よくできていますね。普通は、環状線を使うと複雑になるから、ツリー構造にしておきそうなものだけれども」

「そう、そこなの。褒めてほしかったのは。所要時間を考慮しなければ、現地点から都心、つまり山手《やまのて》線まで経路を検索して、そこから目的地までの経路を作れば簡単になるけれども、それをやらなかったのって評価できるでしょ」

彼女は、無邪気にシステムを自慢する。

「知っている? ひとつだけ、チューリング・テストに合格する方法があるの」

「チューリング・テストって、何ですか」

「アラン・チューリングっていう数学者が考え出した、機械の知性を評価するテストのこと。こういうふうに人間とコンピュータに同じ質問をして、応答によって両者の判別ができなければ、その機械は知性を持っていると言ってもいい、っていうテスト」

「そうだとすれば、『ぶ』の変換ミスで、知性のあるはずの人間を当ててしまったのは皮肉ですね」

「そうね。まぁ、それがなくても、三十分もやっていると、たいてい見破られる」

彼女は席を立って、紙コップにコーヒーをいれてくれる。

「で、チューリング・テストに合格したプログラムのことだけど、その方法を分かる?」

ぼくは、首を横に振った。

「簡単。すべての質問に『分かりません』って答えたの」

答えを聞かされても、狐につままれたような気分だった。


―― *Crossword Puzzle*

PRIMARY WORLD #9

鮮やかな緑に包まれた七月の街をベランダから見下ろして、ぼんやりと土曜日の午後を過ごした。

京都と札幌を比べて、「札幌は面の街で、京都は線の街だ」と聞いたことがある。札幌のデザイナは、京都を模倣したのに、根幹の部分を変えてしまっている。京都は通りに名前があるのに対して、札幌は、ある区画がm条n丁目というように名付けられていて、通りには名前がない（無理やりに表現するなら、「m条とm±1条に挟まれた道」と言わなくてはならない）。だから、札幌は面の街で京都は線の街だというのはうなずける。けれども、それは安易に過ぎるだろう。

むしろ、札幌こそ線の街であり、京都は面の街だ。札幌には、「面」という概念が存在していないのだから。京都の条は、たしかに線を表現していて、その線に囲まれる空間として面が存在している。けれども、札幌の条は幾何学で矛盾する「面を持った線」であり、この街には線しかない。

「ただいま」

振り向くと、由美子が居間に立っていた。

「ああ、おかえり」

「玄関で、ただいまって言っても返事がないから、出掛けているのかと思った」

「ごめん。聞こえなかったんだ」

「もの想いにふけって、ホームシック？」

「考えごと」

「どんな？」

由美子は、サンダルをひっかけて、ぼくの横にくる。

「札幌のこと。変な街だなって思ってさ」

しばらく、二人で風に吹かれた。由美子が、流された前髪をかきあげると、微かな彼女だけの香りが風に混ざる。

「そうね。変な街かも」

ぼくが笑うと、由美子は不思議そうな表情を向ける。

「きっと、由美子は、まったく別の観点からそう思っているんだろうな、って」

ぼくは、考えていたことを説明した。

「ふーん、なるほどね。たしかに、そんなふうにも考えられる。気づかなかったな」

「由美子は、何を変だと考えたの？」

「この街に中心がないこと」

「南北1条と東西1丁目の交差点が中心だよ。そこが座標（0,0）だ」

そう言いながら、由美子がこんな簡単な反論を予想していないはずがないと、彼女の次の科白に期待した。すぐ真下の信号が赤に変わると、ドミノ倒しのように、その先の信号が、順番に黄色から赤に変わっていく。

「あなたは京都と比べたけれども、わたしは東京と比べたの。東京には、江戸城の天守閣にのぼれば街全体を見渡せる、というコンセプトがあるじゃない。通りは、基本的に江戸城から放射状のものと、お堀に付け加えられた環状線が基軸になっているのだから」

「なるほど。それで？」

「ところが、札幌にはそういった街全体を把握できるような中心がないと思う。この街は、どの交差点に立ってみても、均等に二つの通りしか見えないでしょ」

「東京は一元的で、札幌は多元的、っていうことになるのかな」

「あっ、そうそう。そう言えばいいのね。あなた、AIの研究に失敗したら、コピーライタになるといいよ。そういうことなの。デザイナの視点がどこにも存在していない。あるいは、どこにでも存在している。つまり、座標（x,y）-（m,n）という修正で、この部屋を中心にしちゃっても、デザイナのコンセプトは維持できるってこと」

「そういった意味では、この街は変化が可能な街だと言えるよね。道庁を中心としても、市立図書館を中心としても差し支えないわけだから。政治でも文化でも商業でも中心となりうる、という意味で」

「まぁ、文脈上の可能性という意味ではそうね。ただ、あなたの言った座標（0,0）が中心であることには変わりないでしょうけれど」

襟もとを通り抜けていく風が気持ち好い。

「変化の可能性があるのに、ダイナミズムに欠けるような気がしない？」

ぼくは、由美子に訊いてみる。

「江戸は戦乱を前提に計画されているのに対して、京都や札幌は平和な街なんだと思う。だから、情報が分散していることに危機感が希薄なのかもしれない」

「じゃあ、東京では皇居に情報が集約されていると思う？」

由美子は、「どうかな？」とだけ言って、キッチンに行ってしまう。ぼくは、由美子が夕食の支度を終えるまで、整然とした街並みの夕暮れを眺めていた。

この世界のデザイナの視点はどこにあるのだろう？

ＤＷＳの中にある、ぼくの創造した《世界》の中心は、《彼》の主観だ。この世界はどうなっているのだろう。中心を欠いている世界なのか、それとも、どこかにデザイナの視点となる中心を有している世界なのか。ＤＷＳの中の《彼》とは違い、そのデザイナが置いた中心が、ぼく自身ではないという保証はどこかにあるのだろうか。

「さっきの話の続きだけれども、由美子は、この世界については、どっちだと思う?」

食器を並べながら、ぼくは由美子に言った。

「効率性という観点では、ネットワーク型とツリー構造型では、断然、後者の方がいいわけよね。つまり、札幌より東京の方が」

「どうだろう? 必ずしも、そうとは言えないような気もする」

由美子の言う「ツリー構造型」では、ぼくがいる世界もDWSと同じになってしまう。

「でも、とりあえずはそうでしょ。ある程度の規模を有する企業に、本気でネットワーク型組織を作ろうなんていう経営者はいない。自分の地位が危うくなってしまうもの」

ぼくは笑った。

「経営者っていうのがいる限りそうだろうね」

「宗教の世界も同じだと思うの。カソリックなら、ヴァチカンっていうか、聖書っていうか、とにかく中心となる視点があるでしょ」

「中世ならそうだろうけれど、現代は違う」

「同感。自然科学中心の現代は、乱暴な言い方だけれど、ネットワーク型だと思う。中心が欠如しているというよりも、すべてが均一という意味でだけれども」

「なるほどね」

「だから、非効率的かもしれないけれど、均一なネットワーク型の世界観の方が、直観に近いと思う。あるいは、ネットワーク型組織が必ずしも非効率じゃないと言うなら、その可能性に賭けている、というべきかもしれない」

由美子の仮説が正解ならば、ぼくのいる世界は、何を期待して「非効率性」に賭けたのだろう。

——*Designer's Viewpoint*

DUAL WORLD #9

電話のベルで目を覚ました。ぼくは、おぼつかない足どりで居間まで行き受話器をとる。

日曜日の午後六時に、家族は誰もいなかった。

「駒場《こまば》高校を卒業した、長澤《ながさわ》ですが……」

予兆もなく、卒業してから三年半が経つ高校の名前を聞く。

「ぼくだけれども、ひさしぶり」

「おひさしぶり。元気にしている？」

長澤優子《ゆうこ》は、中学一年のときのクラスメイトで、高校も同じだった友人だ。

「元気だよ。それで、突然の電話の用件は？」

「声が聞きたくなっただけで電話をされると迷惑？」

彼女の高校のころからの悪癖は、いまだに治っていないようだ。その気もないのに誘惑するような科白を口にする。

「そんなこともないけれどさ、ものごとに理由っていうのは大切だよ」

「君は、変わっていないね」

「ぼくも、そう思った。不要に男を誘惑するようなことを言っていると、後悔するって何度も忠告しただろ」

「いつ、そんな科白を言ったの？」

「声を聞きたい、って」

「どうして、それが誘惑なの？　わたし、いつも思っていたんだけど、君の方に誘惑されたいっていう潜在意識があるから、そう聞こえるんじゃない？」

中学一年で初めて会ったとき、背丈は彼女の方が高かった。そのせいか、彼女はぼくを歳下のように扱う。

「からかう必要がないなら、最初から用件を言えばいい」

「二年ぶりの電話で、いきなり用件なんて失礼じゃない。かといって、『佳奈ちゃんとは、まだ仲が好いの？』なんて訊くのも癪にさわる」

「ぼくは、長澤が他の男と仲が好くても、まったく問題ない」

二年ぶりとは思えないくらい、ぼくたちの会話はなめらかに進んだ。高校のころは、佳奈からの電話よりも、長澤からの電話の方がずっと多かった。

「そこらへんは、過去の歴史っていうものね」

「そんなふうに言うから、佳奈がぼくたちの関係を疑っていたんだ。はっきり言っておくけれども、ぼくと長澤はずっと友人関係だったと思うよ」

「まっ、その話は、そうしておこうか。手伝ってほしいことがあるの」

「何を？　新薬のモルモットなんていうのは遠慮する」

「医学部と薬の開発は別。感覚遮断実験っていうのがあって、その被験者になってほしいの。だいたい三日間、実験室に入ってもらえればいいんだけど」

「そこで何をされるの？」

「脈拍と血圧を測るくらいかな」

「そんなことは、長澤の彼氏に頼めよ」

「いたら苦労しない。とにかく、君がもう限界だというところまで、実験室にいてくれればいいだけ。食事も自由にとれるし、好きなときに寝てもいいし、簡単でしょ」

「それで、報酬は？」

「何もないんだけど、夕ご飯をご馳走する。お望みとあれば、翌朝のわたしの作った朝ご飯つきで」

「そういう科白が、ぼくを誘惑しているって言うんだよ」

「それくらい、困っているっていう意思表示よ。本気にしないで。だいたい、朝ご飯をつけるって言っただけで、他に何かしていいなんて言っていないじゃない」

「中学生じゃあるまいし、ひと晩一緒にいて、何も起こらないわけないだろう」

「まぁ、そこらへんは想像におまかせして、お願い」

「分かった。いつから、やればいいの？」

「ありがとう。来週、君の都合のいい日からで構わない」

ぼくは、壁のカレンダを見ながら、前期試験の日程を頭の中で確認する。三日程度の実験であれば、試験前に片付けてしまった方がいい。

「水曜日かな」

「うん、分かった。本当にありがとう」

——*The Invitation*

PRIMARY WORLD #10

ぼくは、DWSに飽きてしまったのかもしれない。単調な作業で作ったデータを入力して、ディスプレイが様々な色に変わるのを見ても、退屈するようになってしまった。何かを期待していたわけでもないが、DWSが、七週間を経て「労多くして功少なし」だ。

藤野さんが言ったように、人工知能を作る過程として熊のぬいぐるみに入る作業だとすれば、それからは何も得られないのかもしれない。落ち込んでしまいそうなときに、十時の研究棟内で臨床実験の依頼があったのは、ぼくにとって幸運だった。藤野さんとともに、大学附属病院で、睡眠とゆめについての臨床データの収集を一週間行うことになった。

「いま、二号室の被験体がレム睡眠に入りました」

「了解。そのまま眼球の動きをチェックしてくれる？」

アルバイトの男女三人ずつの医大生が被験体となって、病院内の個室で睡眠をとるのを、ヴィデオカメラに撮影して、脳波や眼球の動きを記録するだけのデータ収集だった。それが何の研究に使われるのかは知らされていない。

「この被験体って、いつも寝顔が険しいと思わない？」

六台並んだモニタのひとつを眺めながら、藤野さんが言う。実験も三日目になって、ぼくたちは、そろそろ被験体の寝顔を眺めているのにも飽きていた。

「六人の入学試験の成績では、この被験体が一番優秀です。共通一次の偏差値が七十四、その後の学内の試験もほとんどトップクラスの成績です」

「六人だけで、相関を予測するのは危険だよ」

「そうですね。ところで、この臨床データは、何に使うんだと思いますか？」

「君の言うとおり、学校の成績と寝顔の相関について、でしょ？」

藤野さんの冗談に笑った。

「でもね、わたしたちだって、研究者の端くれだから、『こういう研究の資料にします』って聞かされていたら、バイアスがかかる可能性を否めない。目的を伏せているのは、それを防止するためかもしれない」

「バイアスがかかっても、実験内容は漏らさずにログを採っているんだから……」

「ううん、ごまかしがあるっていうんじゃなくて、本当に実験を作っちゃうの」

ぼくは、彼女の言っている意味を、すぐに理解できなかった。

「つまりね、ある予測をたててやった実験と、何の予測もたてなかった実験とでは、同じ実験でも、前者の方が予測に近い値を出しやすい、っていう報告があった」

「プラセボ効果みたいなものですか？」

「似ているけれど、違うと思う。たとえば、このコインは表の方が出やすく細工したコインです、って教えられた人が、コインを投げる実験をやると、教えられなかった人よりも、実験値が表の方に偏る傾向があるんだって」

「それなら、案外、そういう実験かもしれませんね」

「そういう実験って？」

「つまり、他の病院では、ある予測値を聞かされた研究者が、ぼくたちと同じ実験を依頼されているんです」

ぼくは、なんだか面白くない気分で立ち上がって、紙コップにココアを作った。

「あら、ありがとう。いただきます」

「どういたしまして」

「ゆめを見ている人を、こうやって観察しているのって、不思議な気分よね」

「どうしてですか？」

「だって、二号室の被験体は、この眼球運動からすると、たぶん、ゆめを見ているはずでしょ。ということは、この被験体の意識は、いま、別世界にトリップしているんだもの。君が、あのデュアル・ワールド・システムを眺めているときの気分と同じなんだろうって思うけれど、どう?」

頬づえをついた藤野さんが、何かを問うように、ぼくを見る。

「どうかな。実在していない世界を、まったく別の物質の中に想像しているっていう点では似ているかもしれません。けれども、デュアル・ワールド・システムの《世界》は、ストカスティックな部分を残しているとはいえ、ぼくの操作が可能な範囲に留まっています」

「でも、もしこの被験体が、ゆめを見ているっていう自覚がなかったとすれば、情報だけで別の世界が成立しちゃっていることにならない?」

「そうかもしれません」

「君が考えているように、わたしたちのいる世界が成立する条件も、意識に入力される情報だけで十分っていうことになる?」

ぼくは、しばらく何も言えずに、ココアを飲んだ。

「それに気づいたのって、最近なんです。システムの中で、《世界》のステージは次で九番目になるんですけれど、経営学科の四年生である《彼》は、本来なら就職活動をしているころですよね」

「《世界》は、いま、何月なの?」

「七月です」

「じゃあ、就職活動は終わって、内々定をもらっているんじゃない？」

藤野さんの的確な指摘に、小さく笑った。

「そうですね。でも、ぼくにはその経験がないので、ステージを作るシナリオのネタがなくなってきたんです」

「それで？」

「本来なら《彼》の周りでは就職先の話とかがあって当然なのに、それがなくても《世界》は破綻しません。《彼》を自分に置き換えてみて、情報だけでも、自分のいる現実は支障なく成立してしまうかもしれないと、気づいたんです」

ＤＷＳに飽きてしまい、そこから生じた退屈は、「懐疑」という不要な思索を生み出す。

「大丈夫よ。わたしはちゃんと意識を持っているもの」

「それにしたって、創造主がぼくの懐疑を晴らすために、『そう言っている上司が存在している』っていう情報を与えているだけかもしれない」

「そう言い始めたら、きりがない。何とでも言えるもの。『われ思う、ゆえにわれ在り』でも、それすらも誰かに支配されている情報だというなら、手懸かりはどこにもない。実際にデカルト自身も、それを疑ったら哲学は成立しないと言っているし」

「それは、デカルトの思考実験の前提条件であって、万人の世界観の前提ではありません。実際に、フッサールは『方法序説』を否定するところから現象学を始めています。藤野さんは、ここがシミュレーションの世界ではないというエヴィデンスを見つけられますか」

彼女は、少し疲れたような表情で、首を横に振った。

「得られない。君が言うように、存在しているのはわたしの意識だけで、『コンピュータの中に世界を創造しちゃった同僚がいる』っていう情報を与えられているだけだ、とも考えられる。それなら、わたしの意識を操作している創造主は、誰に操作されているの？　そして、その創造主の創造主も誰かに操作されているって考えていくよりは、進化論を信じる方が合理的だもの」

ぼくは、黙って六台のモニタに映る六人の寝顔を眺めた。

グリフォンズ・ガーデンの論文では、「静寂の暗黒」という比喩をよく使う。

ぼくたちが音と感じるものは空気の振動でしかないし、光と感じるものは電磁波でしかない。人間の網膜が感じる電磁波は、波長が概ね三七五〇から七七五〇オングストロームまでの間のものだけだし、音として鼓膜が反応するのは、空気の振動の一部だけだ。三七五〇オングストローム付近の電磁波に、特異性があるわけではない。零下十度までしか計れない温度計にとって、零下四十度が無意味であるのと同じだ。ぼくたちは、世界に対してわずかな感覚の扉を開けているにすぎない。

世界は、静寂の暗黒だ。

ぼくたちが、世界に飛び込んで、主観をして初めて、世界の音や光や香りは、ぼくたちの意識の中にのみ存在を始める。電磁波を光と感じる視神経があって初めて、湖は波光をきらめかせ、樹々は鮮やかに色づく。空気の振動を音と感じる聴覚神経があって初めて、世界はノイズにみち、小鳥たちはさえずり、波は懐かしい子守歌を歌い始める。

もしも、ぼくたちの網膜が空気の振動に反応し、鼓膜が電磁波を感じていれば、車がエンジンをかけるたびに尖光が飛び散り、陽射しは爆音とともに降り注ぎ、少女たちは笑い声をあげるたびに孔雀のような極彩色の羽をひろげ、ゆるやかな調べを奏でながら花々はつぼみをひろげるだろう。漆黒の宇宙の中に自信に満ちてかがやく太陽も、瑠璃色にきらめく第三惑星も、ぼくたちがいなければ無意味だ。

すべては、主観に過ぎない。客観的な観察は、どんな方法をとってみても、観察者がいるかぎり不可能だ。もしも、ぼくたちの周りを観察するなら、空気の振動はそれだけであり、電磁波は電磁波であり、電磁波を乱反射させる分子の集合体はあるかもしれないけれど、そこには「静寂の暗黒」しかない。

世界が静寂の暗黒だというなら、素直に甘んじよう。ぼくは、その中でも、由美子を見つけて、工学者として成功を手に入れる術《すべ》を与えられていた。けれども、そのすべてが、ゆめの中のような、情報の世界だというなら、ぼくに残されるものは、科学というトートロジから見離された孤独しかない。問題は、ぼくしかいないのか、由美子も、ぼくと同じ世界にいるのか、ということだ。

「まだ、さっきのことで悩んでいるの？」

紙コップの底に残ったココアの粉を眺めていると、いつのまにか、藤野さんが後ろに立っていた。シャツの両肩にそえられた彼女のてのひらの感触がやさしい。ぼくは、小さくうなずいた。

「世界は脱出可能なトートロジだったんです」

「思考実験ではね」

「たとえ、その脱出が想像力の賜物だったとしても、トートロジを崩壊させるには十分です。そのトートロジでさえ、想像力の賜物だったんですから」

短い沈黙があった。脳波を記録しているフロッピー・ディスク・ドライヴのアクセス音が、奇妙にうるさい。

「大学の教養課程のころ、数学の教官が、最初の講義で『君たちはゲーデルを知っている子どもたちだ』って言ったの。まだ、高校を出たばかりで、純粋数学も論理学も知らない学生をつかまえてよ。みんな、ぽかんとしちゃって、でも、教官の方は慌てた様子もなくて、『たとえゲーデルの名前や功績を知らなくても、君たちはゲーデルを知っている世代なんだ』って」

「それで？」

「それだけよ。ずっと忘れていたけれど、いま、そのことを思い出した」

ぼくは、何も言わずに、紙コップの底を眺めた。

「怖いゆめを見ていて、『どうしよう、どうしよう』って怯えているんだけども、ある瞬間に『あっこれはゆめなんだ』って気づくことがあるでしょ」

「崖から落ちているときとか、ですか？」

「うん。それを明晰夢《めいせきむ》って言うんだけれど、そのときから、ぜんぜん怖くなくなるの。そして、あとはゆめが醒めるのを待っていればいいんだ、って思い始めるとき」

彼女が首を傾けると、細いせせらぎのような髪が、ぼくの顔のそばをすべり落ちていく。

「そんな瞬間が、君にも早く来るといいね」

ゆめから覚めたとき、ぼくはどこにいるのだろう。

――*Tautology*

DUAL WORLD #10

この小さな部屋に入ってから、いったい、何時間が経っただろう？

透明な底なし沼に沈んでいくのは、きっと、こんな感覚だ。陽射しは徐々に力を失い、森のざわめきが遠のき、沼のほとりに建つ洋館の振り子時計は、主をなくして時の歩みを止めようとしている。

実験室は、長澤優子が通う大学の附属病院の地下三階にあった。ホラー映画が好きだった彼女は、「ここは霊安室の真下だから、出るかもね」と笑っていた。けれども、そこは幽霊だって寄りつきそうもない無機質な部屋だった。三十平米程の部屋には、ベッドと小さなテーブルが備えつけられている他は、トイレのドアがあるだけだ。部屋のどこかに、マイクとカメラが取りつけられていて、ぼくを監視している。

「これが感覚遮断実験？」

小さな部屋の説明を受けながら、ぼくは彼女に訊いた。たぶん、半日前のことだ。

「そう、外界からの刺激が希薄になったときに、身体や脳の変化を調べるの」

彼女の白衣姿を見るのは、初めてだった。

「何時間くらいここにいればいい？」

「好きなだけいてほしい」

「一応、データを採るのに最低限必要な時間の目安があるだろ？」

「うーん、この実験自体が、民間ではまだあまり行われていないの。実験の実験段階っていう感じ。君がこちらの要望を何でも聞いてくれるなら、死ぬまでここにいてくれるのが、理想といえば理想だけれども」

「あのさ……」

「冗談よ。海外の記録だと、だいたい平均四日で我慢ができなくなるみたい。だから、そうなったら、マイクに向かってギヴ・アップを告げて」

「そのマイクがどこにあるのか、教えてくれないじゃないか」

「天井のどこかにある」

彼女は、そう言って、ぼくを残してこの小さな部屋を出ていった。けれども、オフホワイトで統一された四つの壁のどこにドアがあったのか、すでに分からない。トイレのドアから出ていったような気もするけれど、トイレの中には他への出口は見当たらないし、その他の壁にはパーティションの継ぎ目があるだけだ。もしかすると、ベッドをひっくり返して秘密の階段を降りていったのかもしれない。ぼくは、ベッドを持ち上げてみようとしたけれども、それはびくとも動かなかった。

いったい、いまは何時になったんだろう？

暇つぶしの本も、ウォークマンも時計もガールフレンドの写真も持ち込むことを許されなかった。許されたのは、壁と同じ色のパジャマのような服だけだ。それすら着替えを許されない。

「無人島にひとりで行くことになったら、何を持っていくか」という質問に、多くのクリスチャンは「聖書」と答えるそうだけれども、それが正解かもしれない。こういう状況になれば、神とか宗教とかを信じなかったぼくでも、聖書を読んでみようという気分になる。

「食事をとりたい」

ぼくは、天井に向かって言った。

しばらくすると、壁のパーティションの一部がシャッターになっていたことが分かる。そこに、食事を載せたトレイが置いてある。もっとも、オートミールとミルクとウエハースのようなものだけの食事だ。ぼくが、そのトレイを取るとシャッターが自動的に閉まって、シャッターがどこにあったのかも分からなくなる。囚人になったような気分で、その食事をとった。

ここは、きっと、底なし沼の途中だ。透明な水の中で、ぼくを目指してただよってくるのは、眠りの藻だろうか。水面の裏側に、蔦のからまる洋館が映っている。この光景を、どこで覚えたのだろう。あの洋館に、本当の自分がいるような気さえする。ゆっくりと眠りの藻が近づいてくる。底なし沼に落ちるのを引き留めるように、眠りの藻が包み込む。

目覚めると、ぼくは壁と同じ色のカーペットを敷いた床で、ブランケットにくるまっていた。習慣的に時計を探しながら、自分が長澤の実験の被験体になっていたのを思い出す。食事を要求すると、壁のシャッターが開いて、この前と同じメニューの食事が置いてあった。

「いまは、何時になるんだろう？」

ぼくは、ひとり言を天井に向かって言ってみたけれども、答えは何もない。無愛想な実験だ。オートミールを半分残して、トレイごとトイレのダストシュートに捨てる。トイレだけが、なんだか人間の住める場所のような雰囲気を持っている。ぼくは、便器に座って、トイレットペーパーのロールを眺めた。トイレットペーパーの端が、丁寧に三角に折られていて、違和感を持つ。長澤から部屋の説明を受けたときには、違ったような気がする。寝ている間に、誰かがこの部屋に入ってきたのだろうか。もう一度、ダストシュートを開けて、穴の中を見つめた。吸い込まれるような暗闇が見つめかえすだけだ。用を済ませて便座から立ち上がろうとすると、どこからともなく合成音声が聞こえる。

『血圧を測定してください』

驚いて、辺りを見まわすけれども、スピーカーがどこにあるのか分からない。便器の水を吸い込んでいく渦から声が聞こえたと言われても、それを否定しない。血圧の測定方法を考えたけれども思いつかない。医大生なら常識なのかもしれないが、残念ながら、ぼくは経営学科の学生だ。

「洗面台の蛇口の上に穴があるでしょ。そこに、人差し指を入れてほしいの」

仕方なく手首で脈を測っていると、今度は、はっきりと天井の方から長澤の声が聞こえる。けれども、天井にスピーカーを見つけられない。ぼくは、黙って何もしないでいれば、しびれを切らした長澤が何かしゃべるだろうと思って、便器に座っていたけれども、何の反応もないので、言われたとおりに蛇口の上の小さな穴に人差し指を入れた。シリコン製のチューブのようなものが、ほんの短い時間、指を圧迫する。指を抜いて、その小さな穴を覗いたけれども、穴の中まで壁と同じ色に統一されていた。トイレを出るのに、もう一度、水を流すと、合成音声が血圧の測定を要求する。

「データはとれたから、もういいわ」

天井から長澤の声が届いて、再び、沈黙だけが残される。トイレの水が流れるのと、血圧測定のリクエストが連動されているのがおかしくて、もう一度、水を流してトイレを出た。そこは、トイレにいる間に百八十度回転していたとしても、何の支障もない無機質な部屋だ。

　こういう実験では、被験体の多くは、一日の感覚が二十五時間になるらしい。ぼくは、実験室に入る前の健康診断で、実験の責任者らしい白衣の男が言っていたことを思い出した。そして、実験の結果は、宇宙空間の長期滞在、火星への有人探査などの際に活用されるとのことだった。そのときは、自分みたいな平凡な大学生でも、宇宙開発の一部を手伝えることに嬉しくなった。いまは、そう考えた自分を後悔している。

　長澤も長澤だ。なぜ、ぼくを被験体に選んだのだろう。中学校の卒業文集で、「将来の夢」に「宇宙飛行士」と書いてしまった夢見がちな少年を選べばいいのだ。きっと彼らは、自分が平凡な大学生になっているのに安堵して、長澤に感謝しただろう。

　ぼくは、なんて書いたのだろう？

「長澤、ぼくは、中学の卒業文集の将来の夢に、なんて書いたか覚えているか？」

　床の中央に座って、うつむいたまま、普段より大きな声で言った。

「突然、どうしたの？」

　期待していなかった返事が、彼女の声で戻ってきて、ぼくは平常心を取り戻す。

「なんとなく、思い出そうとしてみたんだ」

「本当は、こんなふうに被験者の話し相手になんかなっちゃいけないのよ」

　ということは、実験室の外には長澤ひとりしかいないのだろうか。

「だったら、黙っていればいい。ひとり言だ」

「生物学者よ」

「生物学者？」

「そうよ。君ったら、中学生のくせに、ダーウィンの『種の起原』を読んで、わたしにまで、『一緒に生物学者になろう』って言っていた」

　意外な答えに、ぼくは天井を見上げた。

「長澤は、なんて書いたんだ？」

「君と同じ。君の強引な勧めでね」

「覚えていない」

「あいかわらず無責任だなぁ。でも、お互い、初志貫徹ってところよね」

（何が？）

　部屋のどこかに隠されているスピーカーから聞こえる寡黙から、実験者たちが何かの作業を始めた気配が伝わってきた。部屋の外には、長澤がひとりでいるわけではないらしい。いったい、何が初志貫徹だったのだろう。

「わたしは、医学部でこんな実験をしていて、君は、その被験者になってくれているっていうこと」

「そうかな……」

　ぼくが曖昧に応えると、どうやらスピーカーのスイッチを切ってしまったようだ。長澤の最後の科白は、新米の役者が無理やり言わされたアドリブみたいな口調だった。それをごまかすような不安定な沈黙のかたまりが、しばらく無機質な部屋をさまよう。やがて、それも部屋の中に均一に融和してしまうと、ぼくが何を言ってみても、スピーカーからはノイズさえ聞こえなくなった。

再び、眠りの藻が、ぼくを捕まえにくる。底なし沼のほとりの洋館で、何かを相談している実験者たちの話し声が、遠い水面に溶け込んでいる。いったい、この光景はぼくのどこに隠れていたのだろう。蔦に覆われた洋館に、何か大切なものがあったことだけは確かなのに、それを思い出せない。実験者たちは、何かを真剣に話し合っている。

この実験室は、彼らの手の届かないところに行こうとしている。彼らは、何かを意図してぼくを底なし沼に放り投げたというのに、眠りの藻がぼくをすくい上げようとしているのが気に喰わないのかもしれない。彼らは、ぼくから時間と記憶を奪い取って、何かをしようとしている。

いったい、何を意図したものだったのだろう。

―― *The Dummy Trap*

PRIMARY WORLD #11

一週間続いた臨床実験を終えて部屋に戻ったのは、雨の日曜日の昼下がりだった。実験中は昼夜が逆転していたので、由美子と顔を合わせなかった。遅い朝に、彼女の温もりが残るベッドに入って、彼女が大学から戻る前に家を出ていた。ドアを開けると、オーディオ・セットから流れるピアノの調べが部屋を満たしている。

「ただいま」

由美子は、ベッドで横になって、本を読んでいた。

「おかえりなさい。疲れた顔している」

「うん。少し疲れたかもしれない」

ぼくは、由美子の横に腰をおろして、枕もとに置かれた本の背表紙を眺めた。

「なんだか、ひさしぶり、って言ってもいいくらい顔を合わせなかったね」

ぼくは、何も応えずに、小さく笑った。

「一週間も離ればなれでいたのなんて、もう何年もなかったような気がしない？」

「そうかもしれない。修論を書いていたころにNASDAの実験に参加して以来かな」

「そんなこともあったね。でも、それ以外は、喧嘩をしたって、三日もすれば、仲なおりのデートをしていた」

ぼくは、由美子と一緒に過ごした七年間を数えてみた。それは、八〇年代の三分の二以上の時間だ。パッヘルベルの追複曲が、やさしい思い出みたいに窓から流れ込む風に溶け込む。

「ぼくの三分の一だ」

「何が？」

「由美子と一緒にいた時間さ」

「もう二十四歳だからね。あなたは、十七歳のときに、二十四歳になってもわたしと付き合っているなんて考えた？」

「どうだろうな」

「いつか、四分の三になるときが来るかな」

「When I'm sixty-four って？」

ぼくは、ザ・ビートルズの曲のさびだけをくちずさんだ。由美子は、ブランケットにくるまったまま身体を起こして微笑む。

「あなたは、ヴァレンタインに何をプレゼントしてくれるの？」

「さあ、考えておくよ」

「きっと、六十四歳のあなたも同じことを言うと思う。『いま、考えているところだよ』って」

「由美子は、どんな女の子になっているんだろう？」

「もう、とっくに女の子じゃなくて、おばあさんよ。だいたい、あなたって、いつまで、わたしを紹介するときにガールフレンドって言うつもり？」

「他の言葉が見つからない。『家内です』って紹介するわけにもいかないだろう」

ぼくがそう言うと、由美子は笑い出す。

「何か、おかしい？」

「だって、あなたが、家内って言うつもりでいたなんて、知らなかった」

「じゃあ、美人すぎる妻のせいで殺されるのを危惧して、妹だとでも紹介しようか」

「うーん、ガールフレンドの発展なんだから、ワイフじゃない？」

「本当にそう言うよ」

「家内でいい。ただ、家内って紹介をされている自分を想像しちゃっただけ」

それは、遠い未来の出来事でもあるような気がするし、明後日のぼくと由美子であるような気もする。いつか、ぼくたちが手にする物語なのだろう。街の画廊で気に入った絵を見つけるのだけれども、その絵を買うほどのお金を持っていない。画廊のオーナーは、ローンを組む信頼がないぼくたちのために、その絵の横に売約済のリボンをつけてくれる。ぼくたちは、気が向くと、仲よく手をつないで、その画廊に行っては、赤いリボンを見て、その絵がベッドサイドに掛けられる午後を想像している、そんな感じだ。

「ベイトソンなんて面白い？」

ぼくは、枕もとの本を手にして、由美子に訊いた。

「退屈だから、あなたの本棚からひっぱりだしてきた。結構、面白かった。その前は『情報の歴史』を読んだ」

「ふーん。あの年表だけの変な本？」

「そう。わたしたちが知り合った年に何があったかを覚えている？ それから、初めてキスをした年や、初めてセックスをした年」

返事をなくしてしまう。それは『情報の歴史』なのか。由美子と二人ではなくて、ひとりで、数字に埋もれているだけなのだろうか。目をそむけていた懐疑が、再び頭を持ち上げて、ぼくをあざわらう。本当に、由美子は一九八三年からぼくのそばにいたのだろうか。それは、いましがたインプットされた情報と、どこで区別できるのだろう。

「どうしたの？」

「ううん、なんでもない」

「お昼ご飯は？」

「まだだよ。一緒に食べようと思って、ポンパドールのクロワッサンとハーゲンダッツのアイスクリームを買ってきたけれど、いま食べる？」

でも、それは事実だろうか。ぼくは、本当に大学附属病院からの帰りに、そんな買い物をしただろうか。いま、ぼくの思考を操っているこの世界の外にいる誰かが、これから居間に行くと、食卓にパン屋の袋がある視覚情報を与えるように設定したうえでの発言と、その買い物をしたという事実とは、何が違うのだろう。アイスクリーム屋の包みの中のドライアイスは、白い湯気を立てて、あたかも三十分前には立方体だったような姿をしているのだろう。けれども、それが三十分前から存在した必要はどこにもない。立方体のドライアイスの三十分後の形態なんて、ちょっとしたコンピュータを使えば、すぐに計算できる。

「それでお昼にするつもり？」

「冷蔵庫にベーコンと卵があっただろう」

「一週間前にはね」

由美子のあきれた顔を見て、ぼくは初めて笑えた。

「他に何かないの？」

「スモークド・サーモンがあるから、それにサラダも添えてあげる」

ベッドから抜けでたTシャツの由美子に、ぼくはキスをした。

「どうしたの?」

「初めてのキス」

由美子が首をかしげる。ハーフパンツしか穿いていない素肌の足がきれいだ。雨の午後に、そこだけ夏を思わせる。

「ぼくたちは現在にしか存在していなくて、だから、いまのが最初のキスなんだ。あとは、すべて情報だよ」

「キスだって、情報よ」

由美子の言葉に、体温を奪われるくらい驚かされる。

「あなたが、二十四歳になっても、わたしと一緒にいてくれている、っていうね」

ぼくは、「そうだね」と応えて、少しだけ軽い気分でベッドルームを出る。パン屋とアイスクリーム屋の袋が、居間の食卓でぼくたちを待っていた。

——*History*

DUAL WORLD #11

実験室での何度目かの睡眠は、ゆめが徐々に遠のいていくのを感じながら終わった。ぼくは森の中を佳奈と手をつないで歩いている。ゆめが始まったときに、これは実験室に入ってから見続けているゆめと同じだということが、はっきりと分かる明晰夢だった。理由は分からない。目覚めたときに、そこが眠りにつく前にいた場所だと認識されるのと同じだ。

ぼくと佳奈が話している内容は、それを眺めているぼくの耳には届かない。ただ、佳奈がときおり口許に手をあてて小さく笑う仕種《しぐさ》からすると、それは深刻な話ではないのが伝わってくる。数字の色や、無限についての話題とかだろう。ぼくは、佳奈と話しているときに、いつもあんな顔をしているのだろうか。

違う。あれは、自分じゃない。自分とまったく同じ姿形をしているけれども、ぼくでもないし、人間でさえない。ぼくは森に溶け込んでしまっているのだから、佳奈の隣にいるのは、ただのメタファだ。「ゆめっていうのは、脳細胞のどこかに、生まれる前に書き込まれた情報と、現実の自分が存在している世界との矛盾を解消するための作業なんだって」と、佳奈が何かのときに言っていたことを思い出す。そうだとすれば、ゆめとして感じているこの森の感覚は、どこでインプットされたのだろう。いまのぼくは、自分が森自身であるのに、違和感も不快感も持っていない。ぼくは、どこかで、自分を包み込む森自身だったことがあるのだろうか。

佳奈が振り向いて、何かを言うと、ぼくはひどく驚いている。それが、手をつないでいたのが佳奈だったせいなのか、佳奈の科白のせいだったのかは分からない。

「佳奈、それはぼくじゃないよ」

伝えたい言葉は、風のざわめきにしかならない。そして、ゆめが終わった。

睡眠のとりすぎなのかもしれない。ゆめとそうではない時間の区別が、眠りから覚めるたびに薄れていく。時間に対する意識も朦朧として、時間が止まってしまうのではないかと疑う。床に座っていると、天井に逆さに座っているような気分になる。コントラストや輪郭の区別が薄れて、うつむいて目に映る自分の足さえ、自分自身の身体の一部だという認識を失っている。そんなときは、足を動かしてみても、足を動かそうという意識と、足が動いたという感覚をリンケージできない。足の皮を剥いでみたら、アンドロイドの足だったとしても、何も驚かないだろう。

もうすぐ、ぼくはこの部屋に溶け込んでしまうのかもしれない。情報の希薄さ、というものが、こんなにも人間を苦しませるものだとは考えてもみなかった。けれども、その苦しみも、やがてこの部屋に溶け出す。数日後、長澤がこの部屋に入ったときに、ぼくは跡形もなく部屋に溶け込んでいるかもしれない。

ここは、時間の流れのよどみだ。眠りの藻以外、誰も、溺れかけているぼくを助けようとはしない。

いまは何月何日で、ぼくは何歳になったのだろう。部屋の外にいる実験者たちは、ぼくがあまりにも反応を示さないものだから、あきれてどこかに行ってしまったかもしれない。ぼくは、用もないのにトイレにいって、何度か水を流してみる。この何日間か（あるいは何週間か）、話し相手は、トイレの水を流すときの血圧測定の機械音声だけだった。

『血圧を測定してください』

ぼくは、そのたびに、蛇口の上の小さな穴に、十本の指をひとつずつ差し込んで、ゴムが指を圧迫するのを楽しんでいる。けれども、しばらくして、指を眺めると、やっぱりそれが自分のものであるという確信が薄れていく。

「佳奈、もしかすると、無限の感覚っていうのは、こんな感じかもしれない」

頭の中で考えただけだったはずの言葉が、気づくとひとり言になっている。

最も重い罪を犯した犯罪者でさえ、もうちょっとましな環境を約束されるだろう。ぼくは、実験を始める前に、「君には弁護士をつける権利がある」と宣告されなかったことが不思議になる。死刑囚は、すくなくとも死への恐怖を味わえる。けれども、いまのぼくには死への恐怖すら希薄だ。死というのは、心臓が止まるとか、脳波がなくなるとかの臨界点があるわけではなくて、情報の希薄さの度合いのことかもしれない。

この実験では、幻覚や幻聴が現れることがあるらしいけれども、話し相手になってもらえるなら、幻聴でも幻覚でも構わなくなっていた。幻覚だからといって、どこに不足があるだろう。それで困るのは、日常生活において、幻聴や幻覚があるのは精神異常だと判定されるからだ。この部屋では、誰もぼくを精神異常だと認めないのだから、幻覚が話し相手になってくれるなら、喜んでそれに応じる。

いや、部屋の外には実験者たちがいる。

「ぼくは、大学に残って経営学者になりたい」

応えを期待しないひとり言をつぶやいた。

「どうしたの？　突然」

長澤の声に、ぼくの方がそのまま同じ質問を返したかった。幻聴なのかもしれないと、しばらくは、ぼんやりと天井を眺めるだけだった。

「ひとり言だよ」

「いつから、経営学者になりたくなったの？」

「企業の役員相手に、カタカナ語を混ぜて当たり前のことを言っていれば、時給五十万円くらいはもらえる。学部長や学長になろうと思わなければ、出世も気にしなくていい」

ぼくは、話し相手ができたことが嬉しくて、いつもより口数が多くなる。

「だったら、専攻の知能工学で研究者になればいいじゃない。もうすぐ修士号だってとれるんだし」

ああ、そうか。どうして、経営学者になりたいなんて考えたんだろう。

「それもそうだね」

けれども、自分が部屋に入る前に何だったのかも、覚束なくなっていた。ぼくは、長澤の言葉を頭の中で復唱しながら、違和感を覚える。

（知能工学……）

「だいたい、歴史が大の苦手だった君が人文科学系の研究者になるなんて聞いたら、中学や高校の先生たちは、『何の冗談だ？』って笑いが止まらないと……」

ぼくは、長澤の言葉をさえぎった。

「長澤……、いま、テストをしただろう？」

「何を？」

「ぼくの専攻は、知能なんとかじゃない。認知科学だ」

そこでスピーカーを切られてしまったことが回答だった。実験者たちは、被験者の自己認識の状態を確認するために、感覚遮断実験のルールを破って、長澤との会話を許したに違いない。

ぼくは、テストを見破れたことに安心して、ベッドの枕に顔をうずめて横になった。テストは不愉快だったけれども、行き場のない不安をぬぐえたのは嬉しかった。そう、長澤がこの実験の被験者を探していたときに、もしかすると、ぼくの修士論文にも役に立つかもしれないと思って、実験に応じたのだ。

森の中の洋館のほとりの底なし沼に落ちていくゆめに戻ろうとしたとき、壁のパーティションがずれる音がして、誰かが実験室に入ってくる気配がした。

「どうしたの？」

ぼくは、うつ伏せのまま顔だけを上げて、幻覚のような長澤に訊く。

「実験はこれで終わりよ。自己認識のテストなんかして、ごめんなさい」

「まだ続けられるけれど……」

——*The True Trap*

PRIMARY WORLD #12

　ぼくの研究室には電話が引かれていないので、由美子からの連絡を藤野さんの研究室で受け取らなければならなかった。

「研究室の人から映画の券をもらったの。今日までなんだけれど、早退できる？」

　グリフォンズ・ガーデンの電話回線は、不正なデジタル・データ伝送を防止するためにノイズを混入させている。静かな森の中で、電話回線を通してその音を聞いていると、由美子から遠く離れてしまったような気分にさせられる。

「行けそうだけれど、上司の部屋に電話をかけて早退しろなんて言うのは、高校の職員室で授業をさぼる話をしているのと変わらないよ」

「仕方ないじゃない。それしか連絡方法がないんだから。気になるんだったら、今度から暗号でも決めておく？」

「夕ご飯が、パスタのときはＯＫで、湯豆腐のときはＮＧにしよう」

「了解。それで、今日はパスタなのね」

「うん、カルボナーラがいい」

藤野さんは、机に頬づえをついて、そのぼくを笑っている。

「何時に会える？」

「三時には切りあげるようにするから、四時に地下街の紀伊國屋《きのくにや》にしよう」

「うん、わかった。じゃあ、待っている」

受話器を元に戻すと、藤野さんが待ち構えていたように話しかけてくる。

「フレックスタイム制の研究所で、部下の早退を認めたら、自己否定になってしまうんだけれど」

ぼくは、「そうでした」と笑い返して、彼女からハーブティーが入ったマグカップを受け取る。

「ところで、ＩＤＡ-10の名前の由来って何ですか？」

「たしか、Intelligent Dynamic Automaton の略じゃなかったかな」

「なんだかひどい英語だな。10っていうのは、それまでに九タイプがあったから？」

「バイオ素子を使ったコンピュータの実現は、ＩＤＡ-10が最初だと聞いているから、名前の経緯は知らない」

ＩＤＡ-10の「10」が気になったのは、この世界が十番目の世界かもしれないと考えてしまったせいだ。ぼくは、ＤＷＳの《世界》にも、ＩＤＡ-10と同様のコンピュータを与えてみようと考えた。九番目から十一番目のステージを使って、《彼》の状況設定を去年の自分に近いものに変える作業を始めた。

DWSの《世界》では、時間を戻すことができない。IDA‐10はバイオ素子に記録されたデータを消去できないので、素子板単位で初期化しなくてはならない。

このため、IDA‐10における一般的なプログラミングでは、四時の研究棟にあるスーパー・コンピュータで、擬似23進法コードを用いた動作確認を行ったうえで、プログラムのソースコード、入力データを磁気テープに保管する。プログラムに瑕疵があれば、都度、IDA‐10のバイオ素子板の初期化を行い、保管したプログラムとデータを流し込む。IDA‐10を管理する二時の研究棟では、この作業が研究者の負担にならないように、スーパー・コンピュータ側で汎用ルーチンを提供している。

もっとも、プログラマが、IDA‐10のストカスティック性の回避のために、使用領域の初期化と汎用ルーチンを濫用してしまえば、IDA‐10の特徴は、非ノイマン型コンピュータという点だけになってしまう。

バイオ素子のデータ消去が難しいのは、人間の記憶においても同様だ。人間の脳細胞は、「忘れる」という処理をできない(というのが、現在の認知科学の統一見解だ)。ぼくたちが「忘れた」と言うときは、対象を思い出せないだけだ。磁気ディスクのように、脳の記憶を書き換えているとか、初期化を行っているわけではない。「忘れる」ためには記憶素子すなわち脳細胞を損傷させるしかない。

DWSの場合、そんな真面目に考えていなかったので、二時の研究棟が提供する汎用ルーチンを使っていなかった。そのせいで、DWSの長期記憶クラスの状況設定を変えるためには、素子板を破棄する必要がある。けれども、ぼくは、その作業を省いて、《彼》にとって一貫性を欠く記憶だけを思い出せない設定を作ることにした。きわめて単調な情報だけを十分に入力し続けながら、バイオ素子がコピーを繰り返すのを待てば、忘れた記憶を検索するのに長時間を必要とするはずだ。DWSの中短期記憶クラスは、検索処理の指定時間内で、論理エラーとなる不整合な長期記憶を呼び出さないと推測した。

九番目から十一番目のステージは、《彼》の忘却の物語だ。さらに、十一番目のステージで、旧来の長期記憶とは不整合な記憶をバイオ素子に入力した。九番目のステージでは、《彼》は経営学を専攻する学部生だった。忘却の物語によって、《彼》は、十二番目のステージから認知科学を専攻する修士課程の学生として、やがてIDA‐11に出会う準備を始める。ぼくがいる世界を一層目とするなら、《彼》は、三層目の《世界》を創造するのだ。

「あれ？　朝はジーンズをはいていなかった？」

週刊誌を立ち読みしていた由美子は、群青色のワンピースに白のボレロを羽織っていた。

ぼくは、待ち合わせの時間に遅刻したのを謝るのも忘れてしまう。

「ひさしぶりのデートだから、部屋に戻って着替えてきた」

ぼくは、今朝のままのジーンズにポロシャツの格好だったので、頭をかいてみせた。

「気にしてないから、いいよ」

「まぁ、そうだろうけれど。ところで、何の映画なの？」

「あなたの好きな『スター・ウォーズ』三本立て」

「もしかして、これから三本全部を？」

「疲れたら、出ましょう。わたしは、三本を全部観る元気はない」

喧嘩のあとの仲なおりの交渉みたいだ、と思う。アクション映画やSF映画に興味がない由美子は、喧嘩をした後に、自分では観る気のない映画に誘った。

「これから、チケットを買うなら、由美子の好きな映画でいいよ」

「本当にチケットをもらったの。変な気を遣わないで」

『スター・ウォーズ』では三作目が一番好きだったので、由美子が席を立たなければ、ぼくは三本とも観るつもりで映画館に入った。けれども、先に出ようと言ったのは、ぼくの方だった。二作目の『帝国の逆襲』の途中で、由美子の手をとって映画館を出た。

「どうしたの？　気分でも悪かったの？」

「ううん。もう何度も観ているし、お腹が減った。植物園の近くにおいしいトラットリアを見つけたんだ。たまには、外で食べよう」

「パスタを？」

腕を組んでいる由美子は、ぼくが笑ってうなずくと、幸せそうな笑顔を返す。

ぼくが『スター・ウォーズ』を途中までしか観られなかったのは、映画監督に腹を立てたからだった。はるか過去に時代設定をして、宇宙の彼方の物語というお膳立てまでしているのに、「登場人物や兵器はあの程度か」という退屈だ。戦闘機は固定翼で、生物には雌雄があって、あいかわらず、種の保存には非効率な恋愛をしている。ロボットは、物理的に効率の悪そうな二足歩行だ。なぜ、全地形型の装甲車が四本脚である必要があるのだろう？

もしも、この世界がDWSのように、トートロジの外にいる誰かに操られているのだとすれば、その退屈は映画監督に対してではなく、「創造主が人間に与えた想像力の限界は、その程度のものか」と問いたい。現実の生物が、進化論のトートロジに束縛されるのは仕方がないかもしれない。けれども、その生物に想像力を与えたなら、物語はもっと自由になれるはずだ。

創造主でさえ、たいした想像力は持ち合わせていない。

ぼくは、八つ当たりしたい気持ちを抑えて、テイスティングのワインをひと息で飲み干してしまった。店員が、ちょっと驚いたような顔をして、予定調和の科白をなくしている。テーブルクロスの下で、由美子のローファに足を蹴られる。

「喉が渇いていたんだ。とてもおいしいワインですね」

ぼくは、由美子と店員の両方に言い訳をした。

「ライアル・ワトソンが、面白いことを言っているんだ」

前菜を食べながら、不機嫌そうな由美子に言う。

「デートでは、ワインはひと息で飲まないと健康に悪いって言っているの？」

「さっきは、ごめん。フィンガーボウルの水を飲むわけにもいかないしさ」

「そう……」

「まぁ、とにかく、速く走ることについては、生物はかなり進化をしているのに、『どうして車輪という効率のいい方法が生まれないんだろう？』っていうこと。適者生存が原則ならば、車輪を持つことは優位性の獲得と同じだ」

「簡単よ。生物は分離した器官を持てない。自分の身体を考えてみて、どんな器官だって、神経がつながっていなければ操れないでしょう。車輪は分離して回転する必要があるから、進化のしようがない」

「確かに、ねずみは尻尾の先まで神経をはわせている。でも、骨格だけで、独立した器官を持ったっていいじゃないか。車輪に神経が必要不可欠っていうわけでもない」

「骨格を形成させるための栄養素は、どうやって供給するの?」

「車輪として回転させる必要が生じたときに、分離させる」

「それだけだったら、骨のようなカルシウム質の車輪だとして、乾燥に耐えられないかもしれない」

「じゃあ、乾燥しないように水分を与えればいい」

「現実的じゃない」

「そんなことはないと思う。たとえば、女性は髪が傷んでいると言って、トリートメントを使う。鳥や猿も毛づくろいをする。身体の管理がすべて自律神経に頼っていることに対する、いい反例だ」

「うーん……、進化が突然変異によるものだとして、そういった変異っていうのは、生まれたときに決定されているんじゃない? 生まれた後に、キリンが首を長くする練習をするわけじゃないし、それと同じように、個体の発達過程において変異する遺伝情報ってないんじゃないの? わたしは、進化論のことはよく知らないから、確かなことは言えないけれど」

「蝉や蝶には、さなぎから羽化する情報がプログラミングされている」

由美子は、鮭のカルパッチョをフォークに載せながら、ぼくに同意する。

「唾液のような分泌液が、速く走りたいときに分泌されて、それが空気に触れると凝固して、車輪の役割を担うっていうのは、どうかな？」

「それは可能かもね。いま気づいたんだけれども、整理していくと、車輪を持つためには、身体から独立した器官を持たなければならないっていう前提では、二人とも意見が一致しているよね。だったら、その車輪を動かすのは、位置エネルギに頼るわけ？」

「うーん、……そうなるね」

「それなら、たいして役に立たない。足の速さが生存優位を勝ち取っているのはステップやサバンナみたいな平原だという状況を見れば、動力のない車輪では生存優位を獲得できないと思う」

「なるほどね」

「つまり、車輪を持つ生物はいない、っていうこと。仮に突然変異でそういった器官を持つ個体が生まれても、進化の過程で淘汰されている」

由美子の助けを借りても、進化論のトートロジを壊せない。

「面白いことに気づいた」

由美子が言う。

「この前、ネットワーク型組織とツリー構造型組織の話をしたでしょ。進化って、ツリー構造よね」

「一般的な見解はそうだね。系統樹が完全につながっているわけじゃないけれど」

「違うの。系統樹じゃなくて、個体発生のこと。高校で習った『個体発生は系統発生を繰り返す』って、まさにツリー構造の情報伝達だと思わない？」

「どうだろう？」

系統樹の連続性が途切れているように見えるだけで、進化の最先端にある個体は、進化プログラムが実行された経緯（つまりプログラムの実行ログ）を「覆蔵」しているということかもしれない。ＩＤＡ‐10の記憶制御の方式と同じだ。

「遺伝情報はツリー構造で、非遺伝情報はネットワーク型だと言ってもいいんじゃない？」

由美子は、そう結論づけると、機嫌が直ったときの笑顔を見せる。ぼくは、やっと主菜をおいしく食べられる権利を獲得して、ほっとしながら、フォークとナイフを手にとった。

――*Evolutional Copy*

「この実験で、十二日間も続けられた例は、たぶん、海外でも珍しい」

シャワーを浴びて、長澤が用意してくれた服に着替えると、白衣の実験者たちが、温かい食事とともにぼくを迎えてくれた。

「実験は成功だ。協力に感謝する」

「ぼくとしては、もう少し続けられたかもしれません」

ぼくの言葉に、実験の責任者らしき男は笑顔を見せただけだった。代わりに、長澤がポットからホットミルクを注ぎながら口を開く。

「突然、経営学者になりたいなんて言い出すんだもの。自己認識に異常が発生しているなら、実験を中断するのは妥当だよ」

「ただのひとり言だったのに……」

ぼくが、続ける言葉に迷っていると、責任者が口をはさむ。

「長澤さんが止めなくても、君の自己認識が衰退した時点で、実験を終了させることは最初から決めていた。経営学者っていうのは突拍子もなくて、驚かされたけれどね」

「自分でも、どうしてあんなことを思いついたのか、見当がつきません」

「案外、そういう願望があるのかもしれないな。そう言われてみると、経営学者っていう顔をしているよ」

「そうですか……」

あのとき、長澤がそれを否定してくれなかったら、ぼくはあのまま経営学者になっていたかもしれない。そして、講義の教室がどこなのか分からなくて途方に暮れていただろう。他の実験者の目も憚らずに長澤が、ぼくを包み込むように背中から抱きしめてくれる。

「実験への協力、本当にありがとう」

病院のエントランスを出ると、降り注ぐ陽射しに涙がこぼれるくらいまぶしかった。シャツを通りぬけていく風が心地好い。街のざわめきも、靴がコンクリートを踏む感触も、すべてが新鮮だった。世界がこれほど刺激に満ちていたなんて、信じられない。

「さて、約束どおり、夕ご飯をご馳走するけれど、何がいい？」

一緒に附属病院を出てきた長澤が言う。

「それは、また今度にしよう。とりあえず、佳奈に電話をかける約束をしているんだ」

「残念。じゃあ、今晩にでも電話して。君の都合に合わせるから」

「了解。ところでこの服を返すのは、そのときでいい？」

「何もお礼ができないから、受け取って。わたしが持っていても仕方ないし」

「わざわざ、買ってくれたの？」

「サイズも合っているでしょ」

「うん、ありがとう。……ところで、今日は何月何日なの？」

「七月十三日」

ぼくは、長澤優子と別れて、地下鉄の駅の公衆電話から佳奈に電話をかけた。

「やぁ、ひさしぶりだね」

最初の言葉は、ホームに入ってくる地下鉄の轟音にかき消されてしまう。

「もしもし？」

「ひさしぶりだね、って言ったんだよ」

ぼくは、声を大きくした。その声は、必要以上に頭蓋骨の中で反響する。

「実験は、終わったの？」

「うん、さっき、終わった。よかったら、一緒に昼ご飯を食べないか？」

だんだんと、自分の意識が元どおりになっていくのを感じる。

「もうっ、すごく心配したんだから。毎日、病院に電話かけていたんだよ」

「うん、悪かった。だから、食事をご馳走する」

ぼくたちは、渋谷の街を見下ろす高層ビルの三十階のカフェテリアで、一時間後に待ち合わせをした。十二日ぶりの佳奈は、ぼくが知っていた彼女よりも、大人の女性になったような気がする。

「ひさしぶり」

「言うことは、それだけ？　わたしがこの十二日間、どんな思いで過ごしたか、あなたは実験室の中で想像してくれた？　一日千秋の気分だったんだよ」

ぼくは、照れくさそうに笑顔をこぼす佳奈を、しばらく見つめた。十二日間、ぼくは何度となく佳奈の顔を思い出そうとしていた。けれども、細かい仕種や癖は思い出せるのに、顔の輪郭はおぼろげなままだった。十二日ぶりに佳奈を見ると、「ああ、こんな顔立ちだったな」と思う。けれども、十二日間、と言われても、いまのぼくには、よく分からない。もっと長い時間、二年と言われても、信じられそうな気もするし、もっと短い時間、数分と言われても、うなずいてしまいそうな、不思議な時間だった。あの実験室は、そういった情報が稀薄な場所だった。

「黙っちゃわないで、何か言って。不安になるから」

「何から話せばいいのか、分からないんだ」

「じゃあ、実験はどうだったの？」

「そう言われても、予想どおりの感覚遮断実験だったよ。とにかく外の情報が欲しくてたまらなくなるし、自分の専攻さえ覚束なくなる」

佳奈が心配そうな表情を隠さなかったのに、ぼくは、適当な科白を見つけられないまま黙っていた。街を見下ろすと、すべてはゆっくりと動いている。坂道をのぼっていく人も、くだっていく人も、大きな洪水が引いていくときのように、ゆっくりと動いていた。

「まだ学部生だったころ、ここで天動説と地動説のどっちが理に適っているかの議論をしたのを覚えている？」

そう言われて思い出したとき、それがまるでひと月前の記憶のように鮮やかだったので驚いてしまう。

「そんなこともあったね。でも、どうして突然？」

「ただ思い出したの。あれ以来、このカフェテリアにずっと来ていなかったし」

「もう二年前のことになるのか……」

「うん。四年生で、就職したらこんなふうに昼間から会えなくなるなって思っていた。二人とも大学院に進んでいる二年後なんて想像していなかった」

あるとき、突然、時間軸から見離されてしまったような、そんな驚きだ。解放感というよりは、無秩序に対する恐怖感の方が大きい。

「でも、佳奈は大学院に進学するのを考えていただろう？」

「そうだけど……。あなたが院試を受けるつもりでいるのを知らなかった」

「ぼくも同じだよ。佳奈は社会人になって、ぼくがアルバイトで買えるプレゼントなんて、子ども騙しにしか思ってくれないんだろうなって考えていた。だから、進学は一大決心だったような気がする」

ぼくは、アイスティーに浮いているペパーミントの葉をつまんで口に入れた。口の中に清涼感がひろがる。稀薄だった情報から、いろいろな情報をパラレルに受け取るために、意識の扉が多重化されていくのを感じる。

「高三のときね、同じ大学を無理してでも受けて、一緒にいろんなこと考えてきて、本当によかったって思ったんだ。大学院の進学は、わたしも悩んだもの。でも、お互いに相談しないで、一緒のことを考えられたから嬉しい」

「高校のときの模擬試験は、佳奈の方が良くなかったっけ？」

「わたしだって、A評価は一度も出なかったんだよ。あなたみたいに『人事を尽くして天命を待て』って言われる大学を受けようなんて、絶対に考えなかった」

そんな成績表が返される模擬試験もあったなと、おかしくなる。美術展の半券や、入学試験の受験票まで保管している佳奈の机の抽斗には、想像もつかない思い出が詰まっているのだろう。

「でも、ドクターが終わるまでには、もう一度、選択をしないとね」

ぼくは、佳奈から視線をそらして言った。

「三年後は、ついていく。たとえ、あなたがアメリカの片田舎の大学を選んでも、昭和基地に行くって言っても、ついていく。この十二日間、ずっとそう考えていた」

「まぁ、昭和基地には行かないだろうな」

「言いかねないんだもの。突然、『感覚遮断実験の被験体になる』なんて言い出すし」

「ぼくのせいで、佳奈の研究が途切れるのは、馬鹿らしいよ」

「大丈夫。あなたみたいに、大きなコンピュータがなければ仕事にならないような研究じゃないから。世界の果てでも、あなたがいれば言葉はあるんだもの。言語学にはそれで十分なの」


そう、ぼくは言葉のない空間にいた。『世界の果てにも言葉はある』の対偶は、『言葉のないところには世界はない』だな、なんていう言葉遊びを考えていた。

——*Flying To The Real*

PRIMARY WORLD #13

ぼくは、ガールフレンドと手をつなぎながら、グリフォンズ・ガーデンの森の小径を散歩していた。深い木立には、クマゲラが幹をつつく乾いた音がこだましていて、西風が遠い雨の香りを運んでいる。ぼくたちは、ひとつのウォークマンのイヤホーンをお互いの片耳にはめて、もう片方の耳を風のささやきと森のざわめきに澄ましていた。八月が近づく青葉が、目にまぶしいくらい鮮やかで、遠い雨の香りは森のすべてをやさしい気分にさせる。あのグリフォンたちでさえも。

「あのね、わたしの記憶って、香りに支配されているのよ」

「香り？」

「そう。映像でも音でもなく、香りなの。よく、デジャ・ビュっていうでしょ。見たことなんかないはずの光景を懐かしく感じるときのこと」

「ぼくは、そういったものの確かな経験がないけれども」

「それを自分なりに分析していくと、香りがキーポイントになっているんじゃないかな、って思うの。いろんな香り。金木犀《きんもくせい》や、交差点の香りや、目新しい雑誌をめくったときのインクの匂いや、花火大会の火薬の香りをね」

彼女の楽しそうな声は、クイーンの〝Radio Ga Ga〟をBGMにして両耳の交差点でミキシングされていく。

「香りが似ていると、わたしはデジャ・ビュの扉の鍵を見つけられるの」

「ふーん。ぼくは、それほど香りに敏感じゃないな」

「こんなことをあなたに話してみようって思ったのはね、いま届いている香りがとても懐かしいからなの。なんて言えば伝わるのかな、抽象的に言うと、初夏の香り」

「ぼくは、遠い雨の匂いを感じると、どういうわけか、コンドラチェフの波がブレイクする音を想像するんだ」

「コンドラチェフの波?」

「うん。高校の政経で習わなかった? 五十四年周期でやってくる経済不況の波」

「もしかすると習ったかも。でも、忘れちゃった」

「そして、その夜に必ずといっていいほど、徴兵令のゆめを見る」

「ふーん……」

イヤホーンから右耳を通って、そして左耳から森へ流れていくウォークマンのカセットテープの曲が、ジョン・ウェイトの〝Missing You〟に替わる。ぼくは、手をつないでいるガールフレンドの名前を思い出そうとしていた。彼女は、遠い昔、それこそ、この前のコンドラチェフの波が東海岸に津波となって襲ったときに、祖父か曽祖父と手をつないでいた女の子のような気がする。たんぽぽの花びらを握っているような、ひっそりとした冷たさと、どうしようもない頼りなさが懐かしかった。

「どうして、神様は、香りだけは情報としての確かな記号を与えてくれなかったのかな」

「どういう意味？」

「香りだけは、確かな記号にできない。映像も音楽も、磁気テープや光ディスクに記憶してネットワークで伝えられるのに、香りだけは保存手段も伝達手段も与えられていないじゃない」

「考えてみたこともなかった」

「じゃあ、考えてみて」

幾千という緑の葉が、彼女の白いシャツに斑模様を作って、そのゆらぎがとても素敵だった。クマゲラが、何かを思いついて、くちばしを休める。

「きっと、香りだけは新しい情報じゃないからだ」

今度は彼女が、「どういう意味？」と首をかしげた。ミドル・ショートの少しだけ栗色の髪が、ぼくの右肩のそばで揺れる。でも、彼女の顔立ちも、彼女の名前も思い出せない。それなのに、彼女がぼくのガールフレンドである確信だけが、つないだ手の中で主張している。

「つまりさ、光は常に宇宙から新しい情報が届いているわけだし、音は空気の振動だから、再生かつ変更が容易な情報だけれど、香りっていうのは、新しいものは何もないせいじゃないかな」

「香りだって再生可能だよ。リラは、毎年、薫るじゃない？」

「でも、香りの分子は、地球が誕生したときからある元素で構成されている。いま、ぼくたちの嗅覚が感じている分子が、Aという化学式で表されるとして、そのAを構成している炭素分子は、何万年か前のアフリカのピテカントロプスが吐き出した二酸化炭素かもしれないし、二千年前にイエス・キリストが最後の晩餐で食べたパンに含まれていた炭素分子かもしれない」

「だから？」

そう、彼女の香りには思い出が詰まっている。けれども、それをどんな言葉にすればいいのだろう。

「何て言えばいいんだろう？　光や音っていうのは、基本的にその構成物質に拠らないんだよ。その形態っていうか、状態に拠っている情報だけれども、香りは、百パーセント、その構成物質に依存している。何も新しくならない。雨は、原初から地球を循環している水素分子と酸素分子に過ぎないし、石油は古代生物の炭素化合物だ。まぁ、多少の外的侵入もあるかもしれないけれど、世界が成立してから、ずっと変わっていないんだ」

「つまり、神様が昼と夜を分けた最初の月曜日よりも、ずっと以前に存在していたから、神様はそれに与える言葉を探し出せなかった、っていう意味？」

「そこまでは知らない。ぼくは、神様のお茶会に呼ばれたことがないしさ」

森はどこまで歩いても森だった。ヘンゼルとグレーテルみたいな気分だ。ところで、男の子はヘンゼルだったっけ、グレーテルだったっけ。

「あっ、グリフォンがこっちに来る。隠れないと」

「大丈夫だよ。グリフォンは、危害を加えなければ、とてもおとなしい奴らなんだ」

「でも、何人もの研究員がグリフォンの餌食になったんでしょ？」

「彼らは、陸軍省に情報を流していたからさ」

二体のグリフォンは、その小さな翼をたたんで、ぼくたちと同じ森の小径を反対から歩いてきた。グリフォンたちは、概して研究員よりもずっと近眼だから、そばに来るまでぼくたちに気づかない。おまけに、ぼくは、森に溶け込みそうな深い緑色のジャケットを着ていた。彼女がウォークマンをネーナの〝99 Luftballons〟の途中で止めて、ぼくたちは、イヤホーンをはずす。

「やあ、ひさしぶりだね」

もう手を伸ばせば、彼らの汚れた羽毛に触れられるくらいのところまで来て、片方のグリフォンが言う。グリフォンの個体の見分け方を知らないから、彼が自分から以前に出会った状況を説明してくれるまで、ぼくは挨拶をしない。それがマナーなのだ。グリフォンたちは、研究員が自分たちを見分けられないのをひどく不思議に思っているのと同時に、人違い（グリフォン違い？）をされるのを嫌う。

「十時の研究棟のアーカイヴから見えるグリフォンだよ」

「ああ、ひさしぶりだね。最近、資料室を使っていないものな」

ガールフレンドは、グリフォンに慣れていないどころか、話したこともなかったので、ちょっと怯えながら、ぼくの背後に隠れている。

「後ろにいるのは、ガールフレンドかい？」

初期のシンセサイザーで合成したみたいな声だ。

「そうだよ。散歩していたところなんだ。君たちは？」

「探しものをしているんだ」

「何を？」

「《最初》なんだ」

「どうして、また、そんなものを？」

「《ひとつ以前》が、タイムアウトで検索不能になっているんだ。たまにできても、論理エラーが発生して、パラダイムが安定しない」

「だったら、飛び上がって、空から探せばいい。そっちの方がずっと簡単だよ」

ぼくが、そう進言すると、彼らはさびしそうに笑った。

「いまの力学じゃ、この重い身体を、小さな翼で飛び立たせることができないんだ」

少しだけ翼をひろげてみせてくれるけれども、それはまるで飾りもののように、本来の目的を果たせそうもない。羽毛は、二千年の雨と風と雪のおかげで、汚れていてみすぼらしささえ感じられた。

「昔は、飛び立てたの？」

ぼくの背中に隠れていたガールフレンドが、不思議そうな顔をして言う。彼女の好奇心は、常に恐怖心に勝っている。

「そうだよ。昔といっても、アレクサンドリアに図書館ができる前のことだけれどもね」

「どうして？」

「パラダイムが違ったからさ」

ぼくが、グリフォンの代わりに答える。

「パラダイム？」

「そう、いまよりもずっと大きなトートロジの中に棲んでいたんだ。ところで、君のガールフレンドは、何の研究員なんだい？」

「言語学。グリフォンズ・ガーデンの研究員じゃないけれどね」

「じゃあ、こっそりデートをしているんだ」

「そういうことになるね」

「探している《最初》って何？」

「世界の《最初》だよ。体積がゼロで、質量が∞」

ガールフレンドは、ぼくの背中から顔だけを出して微笑む。

「そんなものはどこにもないよ」

「どうして？」

ぼくとグリフォンは、驚きとともに彼女の顔を見る。

「世界は所与だから」

振り向いて見た彼女は、あの博物館を案内してくれた佳奈という女性だった。

——*Déjà Vu*

DUAL WORLD #13

深夜の洗面台の前で、たとえようのない不快感を味わっている。

感覚遮断実験を終えてから前期が終わるまで、修士論文の草稿ぐらいは書きあげようと思って、何日か不規則な生活が続いた。そのせいだろうか、真夜中に、何かの拍子で目を覚ましてしまった。

しばらくは、「目を覚ました」という感覚も乏しかった。ねっとりとした暗闇が、部屋に居座っている。暗闇は、透明さに欠けて、たくさんの色を何度も何度も塗り重ねた多彩色の黒色だった。沼の底にいるように、暗闇が重たく感じた。

（また感覚遮断実験室に戻ったのだろうか……）

暗闇の重さに堪えられなくなって、夏物のブランケットを抜け出して明かりを点ける。時計は、午前二時を過ぎたところだった。壁や机の輪郭は戻ってきたのに、まだ、どこかに暗闇が隠れているような不穏な気配がした。ぼくは、喉の渇きを覚えて洗面所に向かう。住み慣れた家の廊下と階段は、明かりを点けなくても歩くことができた。目覚めたときに感じた不穏な暗闇は、どうやら、部屋の外まではついてこなかったらしい。

右手が空を押してしまったのは、洗面台の前に立って、ライトのスイッチを押そうとしたときだった。ぼくは、現れるはずだった自分の鏡像を見つけられずに、輪郭のない多彩色の暗闇を映す鏡を見つめた。そこには、輪郭のない自分の影が映っている。

ぼくは、暗闇の中でスイッチのある壁との距離感を確かめてから、もう一度、スイッチを押そうとした。再び、暗闇の中に輪郭のない自画像に対峙する。一度ならともかく、二度もスイッチの場所を見つけられないのは珍しい。鏡に映ったぼんやりとした自分の影が、異次元への扉のように多彩色の闇を否定して、漆黒の存在を主張している。

人は、本物の黒を見られるのだろうか？ TV画面やパソコンのディスプレイで見る黒は、三原色を重ね合わせて、周囲とのコントラストによって黒に見えるだけの偽物だ。

右腕の長さが変わってしまったのではないかという不安を抱く。左のてのひらを右手の甲にあててみる。闇の温度ではない、生物の温かさがある。けれども、温かさを感じているのが、右手の甲なのか左のてのひらなのか、区別がつかず、それが遠い場所のような錯覚に襲われる。右手は壁を探している。それさえ、ぼく自身ではなく、右手が勝手に動いている気がする。

三度目でライトが点いて、闇が後退する。けれども、明かりの届かない鏡像の奥には、依然として多彩色の闇が居座っている。

ぼくは、ステンレスのカップに水道の水を注いで、それをひと息で飲み干した。冷たい水が喉をすべって、胃に流れ込んでいくのが、はっきりと感じられる。でも、次の瞬間には、その冷たさの感覚が、身体のどこかに溶け込んでいる。

スイッチを押した右手、光を感じている目、冷たさを感じた胃、それらが、触覚や視覚とかけ離れてしまった不快感が拭えない。

ベッドに戻って、乖離した身体をブランケットで包む。枕もとにあったリモコンでステレオをつけると、オールディーズをカヴァーしたペット・ショップ・ボーイズの〝Always On My Mind〟が流れてくる。ぼくは、抱えきれなくなってしまいそうな不快感から抜け出そうと、洗面台のスイッチを右手が押す作業を考えた。

いったい、ぼくの視覚スクリーンは、どんなものなのだろう？　視覚と右手の指先は、どのようなフィードバック・ループを形成して、距離を測っているのだろう？　リモコンのように指先から赤外線が発せられているなら簡単なことだ。視覚は二次元に投影されているのだろうか。それならば、指先と視線のベクトルが同一直線上にあるときには、距離の修正はひどく困難だ。あるいは、そのスクリーンは、疑似的に三次元を表現しているのだろうか。

意識の中にある世界というのは、ぼくの周りにある世界の具象と、どう区別できるのだろう。ぼくの中にあるスクリーンには、ミニチュアのような別世界が成立しているのだろうか。あの多彩色の闇の中にぽっかりと口を開けていた漆黒の闇、輪郭のはっきりしないぼくの影は、世界を凝縮してしまったような錯覚を与えた。ぼくに内包された漆黒の闇では、世界が密かにシミュレーションを続けているのかもしれない。

その夜のことを話すと、佳奈は、「疲れが溜まっているだけだよ」と、学部のころの話を始める。

「教養課程の統計学で、百円玉を百回投げて、表の出た回数を記録して、その結果について、五十から乖離した理由の仮説を述べよっていうレポートがあったのを覚えている?」

「なんとなく……」

「わたし、あのレポート、Aマイナスだったんだ」

「あの助教授からAマイナスをもらえたなら、十分だね。それで?」

「そのコインが実験中に質量を変えなかったならば、表の出る回数はゼロか百かのどちらかであり、我々はゼロか百からの乖離を考えるべきだ、って書いたの」

ぼくは、首をかしげた。

「そのコインが公正であろうがなかろうが、実験者が公正にコインを投げていれば、コインは必ず同じ面を上にして転がるはずだ、ってね。同じコインを、同じ角度、同じ速度で投げているなら、コインは、同じ軌道を描かなくてはならないはずだし、同じ地点に着地しなければならないことになるじゃない」

「統計学じゃなくて、サイバネティクスのレポートだったらAプラスをもらえただろうね。でも、それと真夜中に電灯のスイッチを点ける作業の失敗から生じた不快感とは、そんなに関係がないんじゃないかな」

「そうかな……。人間の身体は、コインを公正に投じるほどの精緻さには欠けるということを言いたいの」

「でも、ブランケットにくるまって、佳奈のおへそを正確に探りあてられるくらいの精緻さは持っているよ」

「じゃあ、触ってみて」

「OK」

「違うでしょっ。もうっ、どこ触っているの?」

——*True Black*

PRIMARY WORLD #14

驚いて目を覚ますと、逆光の中でグリフォンがぼくを見下ろしていた。気分転換の散歩の途中、森の中に現れた芝生で、グリフォンの石像の日陰に誘われて、横になって微睡《まどろ》んでいたのだろう。上半身を起こして頭を何度か振ってみた。目覚めて五感が知覚している世界よりも、ゆめで見ていた世界の方が実感を伴って意識に残っている。

「やぁ」

ぼくは、石像のグリフォンに向かって声をかけた。

楡《にれ》の葉をゆらす風の音と、森にこだまするクマゲラのくちばしの音が聞こえるだけだ。ぼくは、立ち上がって、ジーンズについた芝をはらい落とし、十時の研究棟に戻る小径を歩き始めた。後ろからグリフォンがついてきているような気がして、何度も振り返らなければならなかった。

十時の研究棟の車寄せで、帰り支度を済ませた藤野さんと会う。

「昼寝でもしていたの？」

「どうして、分かるんですか？」

「寝ぐせができているし、背中に芝がついている」

ぼくは、頭をかいた。

「うとうとしていたみたいです。藤野さんは、もう帰るんですか」

「もう、って言われても、五時半よ」

腕時計を確かめると、彼女の言うとおりだった。北国の初夏の日は、想像よりもずっと長い。

「そうですね」

「君は、まだ研究室にいるの？」

「ぼくも帰ることにします。適当なところまで送りましょうか？」

「ありがとう」

「ちょっと、待っていてください。研究室の端末のスイッチを切ってきますから」

ぼくは、エントランスから大理石の階段を上って、自分の研究室に戻った。

机に開いたままになっていた四冊のマニュアルを閉じながら、IDA‐10の端末のディスプレイに目を向けると、そこにノイズが混じっている。端末のキーボードにおいた手をそのままに、画面を見つめた。

DWSの出力は、中短期記憶クラスから《彼》の心情を色彩として表現するだけの単純なものだ。《彼》は、いま、認知科学を専攻する修士課程の学生として論文作成に取り組んでいる。発色されるべき色彩は、パレット番号52のオレンジ色「論文が進まずに多少いらいらしていて、睡眠不足になっている」のはずだった。DWSでは指定できない黒色が、ディスプレイの走査線をかすめている。それはまぎれもない黒色だ。けっして、ディスプレイの投射電子の隙間にできるオフ状態の色ではなく（ぼくは、トリニトロンを使っているので、ワイヤーの影が画面に映り込んでしまう）、黒なのだ。色調テストのように、指定された色を混じり気なく映しだしてきた端末にとって、初めての事象だった。ぼくは、DWSをサスペンドして、ログを調べるべきかを迷った。

けれども、「適当なところまで送ります」と申し出たときの藤野さんの笑顔が、ぼくの手を止めさせた。DWSのプログラムにエラーが隠れていたのか、六時の建物にあるIDA-10のメインフレームをつなぐ回線に何らかの異常が生じて、たまたまそれがディスプレイに影響したのだろうと結論づけて、DWSのサスペンドだけをした。

「お待たせしました」

「ううん。内門まで歩くのを考えれば、たいしたことない」

藤野さんは、ぼくの車に寄りかかるようにして、十時の研究棟の玄関のアーチの上にいるグリフォンを眺めていた。

「いつも歩いているんですか」

「守衛所までね」

守衛所まで約二キロの距離がある。パンプスで歩けば、二十分はかかる。そこからグリフォンズ・ガーデンの入り口である外門までは三、四キロを歩かなければならないし、最寄りのバス停はさらに遠い。

「守衛所からは？」

「守衛さんに、バス停まで車で送ってもらっている」

ぼくは、彼女のために助手席のドアを開けた。

「朝はどうしているんですか？」

「バス停で守衛さんと待ち合わせしているの」

「守衛さんも、たいへんだ」

「仕方ないじゃない。免許を持っていないわたしを、こんな不便なところに雇う研究所の方が悪いのよ」

「まぁ、そうですね」

もっとも、守衛も守衛で、案外とのんびりしている。外門には研究員に渡されたリモコンでしか開閉しない門扉があり、部外者が迷い込んでしまうことはなかったし、守衛はグリフォンズ・ガーデンの研究内容までは知らされていないようだったから、割合と気軽に守衛所の席を外していた。守衛とは別のセキュリティ・システムが、森に隠されているのかもしれない。

「おじさーん、今日は彼に送ってもらうからいいわ」

守衛所で車を停めると、藤野さんは大きな声で守衛に挨拶をする。

「そうかい。お疲れさま」

「うん。お先に。また、明日の朝はお願いします」

ぼくは、彼女と守衛のやりとりがおかしくなって、小さく笑いながら、外門に続く滑走路のようにまっすぐな緑のトンネルの中を加速した。

「さっき、変なゆめを見たんです」

「どんなゆめ？」

「グリフォンと会話するゆめなんです。森を散歩していて、グリフォンに遭遇して、彼らと当然のように話しているのに、それがゆめだってことに気づきませんでした」

ぼくがそう言うと、彼女はしばらく黙っていた。

「どうかしましたか？」

「これからの季節は、あんまり森の中を散歩しない方がいいよ」

藤野さんが真顔で言うので、ぼくは外門の手前で車を停めた。

「どうしてですか？」

「芥子《けし》畑で収穫が始まる季節だから、花粉が飛び始めているのかもしれない」

「芥子畑？」

「一時の沼の奥にあるの。芥子畑って、毒々しいくらい鮮やかで薄気味悪かった」

「どうして、そんなものがあるんですか？　それに、芥子っていったら……」

「うん、ヘロインの原材料。ＩＤＡ‐10のバイオ素子を活性化させるのに、純度の高いヘロインが必要なんですって。まぁ、そんなものを外注するわけにもいかないから、自家栽培しているんでしょうけれど」

「初耳です」

「わたしだって、去年のいまごろまで知らなかった」

ぼくは、腕を伸ばしてグローブボックスからリモコンを取り出して、外門を開ける。グリフォンズ・ガーデンに赴任して三ヶ月が経つのに、研究成果以外でも、まだ知らされていない事実の方が多くありそうだ。

「ところで、どこまで送りますか？」

「うーん、たまには研究室以外のところでお茶しない？」

「ええ」

「じゃあ、円山公園の近くにある喫茶店に行きたい。ハスカップのシャーベットが、とてもおいしいの」

ぼくは、うなずいて、カーステレオのスイッチをいれる。バングルスの明るい声が車を満たす。

「ところで、さっきの話ですけれど、コンピュータにヘロインが必要だなんて、変な話ですね」

「そうね。でも、六時前の人たちが考えていることは、分からないから」

グリフォンズ・ガーデンでは、二時と四時の研究棟がハードウェア部門にあてられているので、そこに所属する研究員を「六時前の人」と呼んでいる（ぼくや藤野さんはソフトウェア部門なので「六時過ぎの人」になる）。

「そんな目で見ないで、わたしだって、本当に知らないんだから」

「そんな目をしていますか」

「しているわよ。まるで疑っている目」

「そんな気はありませんでした」

「わたしだって、君みたいに散歩をしていて、偶然、芥子畑を見つけちゃって、部門長から怒られたんだから」

「怒られるんですか？」

「そうよ。『用もないのに森の奥に入るな』って」

藤野さんがグリフォンズ・ガーデンの閉鎖性にうんざりするのも納得できる。

「来週か再来週には、わたしたちは強制休暇をもらうことになるの。芥子からエキスを抽出する作業が始まって、六時過ぎの研究員はグリフォンズ・ガーデンに入れなくなる」

「どのくらいの期間ですか」

「一週間くらい。芥子の実が採れる時期は限られているんですって」

「へぇ。でも、そこまで秘密にしなきゃならないことなら、強制休暇にしないで、こっそりやればいいのに。六時前で何をやっているかなんて、ぼくたちは知らないんだから」

「花粉が飛んじゃって、窓も開けられないし、マスクをして過ごすよりはいいんじゃない？」

「芥子の花粉って、危ないんですか」

ぼくは、違法ドラッグについては門外漢だったから、少し興味があった。

「まったく無害とは言い切れないんでしょうね」

「じゃあ、ぼくが見たゆめは幻覚だったのかな」

「幻覚かどうかは分からないけれども、覚醒剤には人間の潜在能力を引き出しちゃうものもあるでしょ。だから、君は本当に石像と会話していたのかもしれない」

ぼくは笑った。

「あら、世の中には石ころの記憶を聞ける人だっているのよ」

「どうやってですか？」

「方法は知らないけれど、でも、石ころだって、温度を持っているかぎり、電子が運動していて、なんらかの情報は持っている。だから、その情報を読みとる能力があったって、頭ごなしに笑い飛ばしちゃいけない」

ぼくは、真面目な顔をするべきなのか、笑うべきなのか迷った。

「いずれにしても、散歩はしばらくやめた方がいい。ましてや、森の中で昼寝なんてね」

「藤野さんは、そういう経験がありますか」

「去年この季節は、体調がどうにも悪かった。いま考えると、そのせいかなと思う。麻薬や覚醒剤が合わない体質の人もいるんだって。今年は、もう何ともないけれども」

「ふーん」

ぼくは、半信半疑で藤野さんに相槌を打った。

翌朝、グリフォンズ・ガーデンの内門で、ぼくは、守衛に入構を許されなかった。

「今日から、特別休暇だよ。さっき、バス停で藤野さんも引き返していった」

「そんなこと、聞いていませんでしたけれど」

「ああ、そうか。あんたは、今年来たばかりだもんな。二年前から、突然なんだよ」

「そう言われても、ぼくだって、いろいろと研究があるんだから」

ぼくが、そういうと、初めて見る守衛が、奥から出てくる。いつもの守衛よりも、ずっと守衛らしい、軍人みたいに姿勢のいい男だ。

「とにかく、君は入構を許可できない」

反論を許さない口調だった。いつもの守衛が、その男の隣で「済まないね」と言いたそうな顔をしている。二人の間には職階の断絶が感じられた。ぼくは、ひどく気分を害されたけれども、埒が明きそうもなかったので、門の前で車をUターンさせる。

「いつになったら、入れるようになるんですか？」

「一週間ほどだよ。終われば、研究所から連絡が行くから、ゆっくり休むといい」

いつもの守衛が言う。

「じゃあ、一週間後に」

ぼくは、いつもの守衛にだけ手を振って、市街に引き返した。

（まったく……）

うんざりして、必要以上にアクセルを踏んだ。


——*Harvest Week Of Poppy*

「ねぇ、論文作成の間だけ、一緒に暮らしてみない？」

佳奈が、突拍子もない提案を始める。

「一緒に暮らす？」

「そう。明後日から、お父さんとお母さんが南米に旅行するの。いまは、お互い、こんなふうに会っている時間だって惜しいんだから、それなら、いっそのこと一緒に暮らせばいいと思わない？」

「そんなこと、佳奈のお父さんが許すわけないだろう」

「全然。ひとりだと不安だから、あなたの家にお世話になったら、って言っていたもの。でも、あなたの家だと気を遣うから、わたしの家の方がいいでしょ？」

「ぼくは煮詰まると、結構荒れるよ」

「知っている。でも、お互いに取り組んでいることを知っているのは、大切だと思う。何も知らないで、あなたがいらいらしているのを見るよりも、ずっと気楽」

佳奈は、そうすると決めてしまったような口調で話す。

「あなたが行き詰まったら、ジャスミン・ティーでもいれて、論文とは関係ない話をしようよ。そういうのって憧れなの。結婚生活の予行演習みたいだと思わない？」

三日後から、佳奈の家で一緒に修士論文に取り組むことになった。ぼくは、マッキントッシュを専用のバックパックに入れて（奇異な視線を集めるけれど、シリコン・ヴァレイでは流行りのスタイルだ）、椅子とともに、自宅から歩いて三十分ほどの佳奈の家に運んだ。

「椅子なんて、うちにいくらでもあるのに」

「自分の椅子じゃないと、考えがまとまらない。多くの建築家は、椅子をデザインしている。椅子っていうのは、人間をおさめる最小の入れ物なんだ」

居間の食卓を共同の作業机として使うことにした。

「向かいあってやるの？」

「じゃあ、並んでやる？」

ぼくは、首を横に振った。マックの向こうに佳奈が見えるので、なんだか落ち着かない。

「素敵でしょ？」

この三週間の合宿生活（佳奈に言わせれば、結婚生活の予行演習）で論文が捗るのか不安になりながら、マックの周りに、適度にフロッピー・ディスクや辞書や参考文献を散らかした。そんなぼくを、佳奈はテーブルの向こうで頬づえをついて眺めている。

「あなたと暮らすことになったら、大きな食卓が必要ね」

「そのときには、二人別々の部屋に机を置くから、そんな心配をしなくてもいいよ」

「そうね。でも、ベッドは一緒の部屋にしようね」

ぼくは、おかしくなって笑った。いつのまにか、一緒に生活するのを前提に会話が進んでいることに照れくさくなる。高校生のぼくは、彼女をどうやってデートに誘おうかということばかり考えていたのに、大学院に進学したぼくたちは、二人でいるのが日常になっている。ぼくを美術館に誘って、「こんな絵を見ていて退屈じゃない？」と同じ科白を何度も言っていた高校生の佳奈が、いまとなっては別人だ。

お互いのキーボードを打つ音が途切れたとき、佳奈が言った。

「いま気づいたんだけど、あなたって、カナ変換で入力しているの？」

「そうだよ。おかしい？」

「ううん、おかしくないけれど、いまどき右手だけでキーボード打つ人も珍しいよね。そのわりに速い」

佳奈は、立ち上がって、お湯を沸かしながら、腑に落ちないといった顔をしていた。

「長年の習慣だろうな」

中学生のぼくは、両親から初めてコンピュータを買ってもらって、ブラインド・タッチを覚えるよりも、ＢＡＳＩＣのプログラミングに夢中だった。当時のコンピュータ雑誌には、懸賞付きのプログラミングの問題が載っていて、そのコードを書けるようになるのが目標だった。

「アルファベットとカナの配列を覚えておくのって、非合理的だと思わない？」

「平仮名一字を入力するのに、二つのキーを打つのは非効率だよ」

「でも、たいていの人はそっちの方が速いよ」

佳奈は、マグカップを片手に、ぼくが論文を書くのを後ろから眺めている。

「マックって、『ふいんき』で『ふんいき』の変換をしてくれるんだね」

「ふんいきって、何？」

佳奈が、テーブルにあったメモパッドに「雰囲気」と書く。

「ああ、マックのＦＥＰは語彙数が少ないのか、『雰囲気』を変換してくれないんだよ」

「ふーん……。『ふいんき』は変換するの？」

「いちいち、雰、囲う、気分で入力するのが面倒だから、ユーザ辞書に入れた」

ぼくは、マグカップを受け取って、キーボードを打つ手を休めた。

「わたしとあなたって、文章の認識方法が違うのかも。あなたは、文章を音よりも文字で理解していない？」

「たいていの人間はそうだ」

「認知科学では、たいてい、そうなの？」

「そういう論文は、まだ読んだことがないけれど、たいていそうだと思う」

ぼくは、ジャスミン・ティーが冷めるのを待つ。

「少なくともわたしは、音で認識しているよ。たぶん、文字では認識していない。だから、どんな文章でも、音読する作業が認識の妨げにならないの」

「そうかな」

「そう思う。あなたって、音読が下手だもの。でも、本を読むのは速いでしょ。それって、普通の人みたいに、文字を音に変換する必要がないからじゃない？」

「本を読むときに、活字をいちいち音に変換してから認識している人が、普通とも思えないけれどね」

「だから、そんなことはないの。文字、音、意味の順で認識している。でも、あなたはワンステップを省いているのかも。だから、ときどき読めない漢字があったり、めちゃくちゃな発音をする単語があったりする」

ぼくは、「雰囲気」の変換から、文章の認識順序への文脈がつながらない。

「日常会話で使っている単語を、文字で見せられた途端、読めなくなっちゃうのは、認識システムが違うんだろうな、ってことを言いたいの」

「それを言うんだったら、文字、音、意味のシステムよりも、文字から意味に直接アクセスできるシステムの方が、単純に考えて処理速度は速いだろうな」

それは、音声入力システムが抱えている問題かもしれない。キーボードからの入力では、完成度の高いエキスパート・システムも、音声対応をした途端、ことに日本語対応システムでは精度が落ちてしまう。

「どうかしら。会話では、逆に、音、文字、意味の順でワンステップ多くなるのよ。『ふいんき』って聞こえる言葉を、コンピュータが変換しない弊害も出てくる」

「どうして？」

佳奈は、メモパッドの「雰囲気」の横に「ふんいき」と振り仮名をつける。

「そうなの？」

「『ふんいき』を入力して、変換すれば分かると思う」

佳奈の言うとおりにしてみると、たしかに「雰囲気」に変換される。

「知らなかった……」

やっと、佳奈の話の文脈がつながる。

「あなたの会話って、ときどき、まわりくどい。略語っていうか、音を詰めたりしない。普通の人って、火曜日を会話では『火曜』って言うでしょ？　でも、あなたは、たぶん無意識に『火曜日』って言っている。それから、学部のころの講義にしても、インエコとかセラコンとか、言わなかったでしょ」

「そういう言い方が嫌いなだけだよ。インエコとイントロダクション・オブ・エコノミクスのシニフィエが同じだから、言語学の観点では問題ないのかもしれないけれど」

「わたしも、あなたはそう考えているんだなって思っていた。でも、実は略さなくても苦にならないんじゃない？　音韻処理をしていると、火曜日のシニフィエを意識するのに、か、よー、び、というふうに三単位の時間が必要なのね。これは、音だから、何かを同時に認識できないせいなの。でも、あなたみたいに画像処理をしていると、火曜でも火曜日でも、たいして変わらないんじゃない？」

「じゃあ、やっぱり、シニフィアンとシニフィエの同定作業としては、言葉を文字の画像として処理する方が有利ということになるよ」

「でも、そのシニフィアンを発話すると、聞いている人は、不必要な情報が多く感じる。文脈上、曜日の『火曜』を通学の『通う』と勘違いできないケースでも、『火曜日』の『び』を聞かされる必要があるのか？　ってね」

「なるほど」

「あなたは、ローマ字変換をしないんじゃなくて、できないんだと思う。ローマ字変換っていうのは、言いかえれば音韻入力で、カナ変換は表記入力でしょ」

「認知システムに欠陥があるって言われているみたいだ」

「そんなふうにとらないで。ただ、あなたは興味深い人だって言っているだけ」

つまり、人間の認知システムには、複数のアルゴリズムがあるということだ。人工知能の開発には、人工知能の研究者が見落としている点は、案外そこらへんかもしれない。人工知能の開発には、人間の基本的なアルゴリズムはひとつ、という暗黙の前提があるような気がする。それは間違いかもしれない。汎用な人工知能を作ろうとするのは、汎用な人間がいると言っているようなものだ。チェスが得意なディープ・ブルーの精度を上げても、人間を模した人工知能にはならないだろう。

佳奈に指摘されたように、自分を「たいていの人」だと思い込んで、人間の認知システムをアルゴリズムで再現しようとしても、生み出されるのは自分の模倣品だ。それは普遍的でもないし汎用的でもない。

哲学者の言葉を借りれば、「哲学を学ぶことはできない。ただ、実践するだけだ」ということになる。汎用的な人工知能はモデルに過ぎず、個々の知能を実践する幾千の人工知能が存在するのだろう。

——*General-Purpose Human*

「そんな休暇があるんだったら、事前に報せてくれればいいのに」

ぼくは、一日の大半をベッドで過ごして、天気予報のアルバイトから戻ってきた由美子を、寝ぼけ目《まなこ》で迎えた。詳しい事情を説明できないので、由美子には「ホスト・コンピュータの定期検査」とだけ言っていた。

「せめて、一週間前に言ってくれたら、わたしも一緒に休暇をとれたのに」

「それは、残念。でも、こうやって、ひとりで過ごすのも悪くないよ」

「退屈を持て余して、女の子のナンパなんかしないでね」

「そんな歳じゃない。こないだ、観光客の女子大生に道を訊かれて落ち込んだ」

「どうして?」

「由美子が学生だったころ、道を訊くなら、どんな人を選んだ? なるべく害のなさそうな奴を選ぶだろ。ぼくは、女の子たちが安心して声をかけるような歳なんだ」

ぼくは、ベッドにあぐらをかいて、彼女が外出着からジーンズとポロシャツに着替えるのを眺めていた。そして、「もうそんな年齢なんだ」と声にしないで繰り返した。

「何？」

「なんでもないよ。……いまは、どんな研究をやっているの？」

「わたしの研究のことを聞いてくれるのなんて、札幌に来てから初めてかも」

「そうかな……」

「あなたは、自分の研究に夢中で、他のことには興味がないのかと思っていた。五歳未満の幼児の言語発育」

「由美子がひとりでやっているの？」

「まさか、マスターのときと変わらない。教授の研究の手伝いがほとんど」

そう言った由美子の表情がさびしそうだったので、ぼくは心細くなった。修士課程を修めた大学で進学していれば、彼女への評価はもっと高かったはずだ。修士課程のころは、違う学部のぼくにさえ、彼女が教授に信頼され期待されている評判が否応なく聞こえてきた。友人には、「彼女は絶対におまえよりはやく助教授になるな」とからかわれた。

「後悔していない？」

「何を？」

「うーん……、いろんなことをさ」

「わたしが教授のデータ集計をやっていると聞いて、そう言ってくれたの？」

ぼくは頭をかいた。

「だったら、気にすることなんて何もない。マスターを持っているくらいで、独自の研究を進められるような環境じゃないっていうのは知っているでしょう。それより、あなたがそんなことを言う方がずっと問題だよ」

「どうして？」

「何か、自信をなくすようなことでもあったの？」

「……そんな顔している？」

「東京にいたころは、休みになると、もっといきいきしていた」

由美子にそう言われて、自分の抱え込んだ自信喪失に気づく。DWSは、何も成果を挙げていない。ぼくは、グリフォンズ・ガーデンに幽閉されているだけだ。

「昨日、研究所の芝生で昼寝をしているときにゆめを見たんだ。石像と会話をするゆめだった。そのことを藤野さんに話したら、世の中には石ころの記憶を読みとれる人がいるっていう話をしてくれた」

「それで？」

「由美子は信じるか。石ころと話せるという人が、この世界にいるのを」

「さぁ……。あなたは、どうなの？」

「自分でも分からない。『石を構成している分子も、基本的にはぼくたちの身体を構成している分子の構造と何もかわらなくて、原子核のまわりを電子が回っているだけだから』と言われれば、そうかなとも思う」

「つまり、石ころにも思考があるってこと？」

「そう言ってもいいよね」

「ふーん。工学者って、非科学的なことも言うのね」

「非科学的かどうかは分からない。人間の認知システムを突き詰めていくと、分子の集合体でしかなくて、情報が自己組織化されているだけだ、っていうことになる」

由美子は、ベッドに腰をおろして、ぼくに身体をゆだねる。

「ひとつの細胞は、しごく簡単な作業しかしていない。右手を動かす作業にしても、そのほんの一部分、たとえば肘の関節を縮めるだけの作業とかね。だから、右手を動かす作業は、たくさんの構成分子の協同作業に過ぎない」

「それと、情報の自己組織化とは、どうつながるの？」

「脳のシステムをとってみても、各々の細胞は、思考と呼ぶには足らない作業をしているだけだ。それがコヒーレントに自己組織化して、いまぼくたちが会話をしているような思考とか意識とかを生み出しているんだろう、ってことなんだ」

「ふーん。だから、石ころも思考を持っている可能性があると？」

「分からないんだよ。否定もしきれないし、肯定もしたくない」

　由美子が、猫みたいに舌を出して、ぼくに甘える。

　石にも思考があるかもしれないという可能性を残すなら、ぼくたちの身体は、たくさんの細胞の共同体もしくは「社会」ということができる。その統一意識として自我がある。ところが、意識なり自我は、構成要素の細胞の行動プログラムを解明できない。

「あなたは、初めて、原子の図をみせられたときのことって覚えている？」

「原子の図？」

「うん。高校のころ、それで何時間も喫茶店で話したことがある」

「原子核の周りを電子が回っている、メンデレーエフの周期表と一緒にでてくる図？」

「そう。そのとき、『わたしたちの身体の中にも宇宙があるのかな』って言ったら、あなた、ずっと否定した。覚えていない？」

　ぼくは、首を横に振った。そんなことがあったような気もするし、初めて聞いたような気もする。記憶なんて適当だ。誰かが、どこかで気紛れに支配できる。

「あの核を中心に電子が回っている図を見て、わたしは太陽系を想像したの。だから、もしかすると、ひとつひとつの原子の中にも宇宙があって、そこには小さな世界があって、それと同じように、わたしたちの世界も、もっと大きな個体の一原子なのかもね、って言ったんだよ」

「そんなこともあったね。代々木《よよぎ》公園のケーキ屋の喫茶コーナーで、店の人がいやな顔をするまで、ずっと話し合っていた」

「そう。いまのあなたにとっては、戯言《ざれごと》に感じられるのかもしれないけれど、あのときのわたしたちは、ホーキングが宇宙を語るのと同じくらい真剣に話していた」

「戯言だとは思わない。もしかすると、高校生のときよりも、いまの方が、そのことを真剣に考える価値があるかもしれない」

　あのときは、「それならその小さな宇宙では、人の一生がほんの数秒で終わってしまうのか？」とか、「図では電子はきれいな円軌道を描いているけれども実際にはそんなことはないのだから」とか、そんなことを問題にしていた。いまは、時間とか速度とかいったものが相対的なものでしかないという前提に立てる分だけ、その論議は有意義だろう。

「うん。石ころの話を聞いて、あのケーキ屋を思い出した。だって、わたしたちの身体がたくさんの小宇宙の集合体だなんて、なんだか素敵よね」

「でも、ぼくは、世界がフラクタルみたいな構造だとは考えられない」

「フラクタルって？」

「ぼくたちは宇宙を内包していて、そのぼくたちのいる宇宙も、より大きな宇宙に内包されていて、そのより大きな宇宙も、またより大きな宇宙に、……みたいなのが、無限に続くとする考え方」

　ぼくは、ベッドサイドのテーブルからメモ用紙と鉛筆を取って、コッホ曲線を描いた。

「なるほどね。でも、どうして、宇宙がフラクタルだったら信じられないの？」

「初めと終わりがないじゃないか。『より大きな』と『より小さな』しかなくて、『最も大きな』と『最も小さな』が存在しない」

「それだと、いけない？」

「はっきり否定できるわけじゃない。ぼくたちの世界の外にあるもの、っていうのは存在してもいいなと思ってきたんだ」

それは、IDA－10とDWSが、ぼくに考えさせてくれたことだ。

「最も小さな世界、っていうのはなくてもいい。でも、最も大きな世界っていうのだけは、存在しているべきだと思うんだ。だって、最初がない」

「最初と言うのなら、最も小さな世界こそ存在しているべきじゃない？」

この直観は、ぼくと由美子の違いだ。彼女は、神話の世界を言語の賜物だと考えている。言い替えれば、上位のメタクラスを想像するために、言語が誕生したと考えているのだろう。逆に、ぼくのDWSは、より下位のクラスを作り出そうとしている。

「そこを議論し始めたら、チキン・アンド・エッグになっちゃうけれど。とにかく、どちらかは存在していると思う。ぼくたちの認知システムを極限まで分解していったときに、最後に残る、最小の思考とか意識とかといったものがね」

「あなたは、高校生のころから、ずっと無限が嫌いだね」

「嫌いなんじゃなくて、信用できないだけだよ。だって、由美子は、有限なる宇宙が、無限を内包できると思う？」

「それなら、こういうのはどう？　より大きい方にも、より小さい方にも、現在進行中で、この瞬間は有限だけれども、長い目でみれば無限だっていうのは？」

「うーん、どうだろうね」

「じゃあ、あなたはどんなふうに考えるの？」

「どこかで、絶対的な創造主の存在を許すのかな、って思う」

「ふーん。デカルトと一緒？」

「結果として、そうなるのかな。その過程は、だいぶ違うけれど。由美子は、絶対的な創造主を信じていない？」

「どうかな？　でも、いるとするなら、感謝する」

「何を？」

由美子は、腕の中で身体の向きをかえて、ぼくに瞳を向ける。自分をこんなにも不確かな世界に存在させ、懐疑に苦しめる不完全な創造主に、いったい何を感謝するのだろうと不思議になる。

「お金持ちではなかったけれども、不自由のない生活をさせてくれる両親と、素敵なフィアンセにめぐりあわせてくれたから。感謝に値するでしょ？」

そう言ったあとの由美子のくちづけに、ぼくは感謝した。

——*Fractal Model*

DUAL WORLD #15

ぼくたちは、二人で近くの商店街に夕食の買い物に行き、並んでキッチンに立って、ワーキングデスクを兼ねた食卓で食事をとって、佳奈の小さなベッドで一緒に寝た。結婚生活の幸せな部分だけを取り出すと、こんな感じなのかもしれない。

「佳奈は、数字には色があるっていうけれど、じゃあ、数字が無限に続くように、色も無限にあると思う？」

「どうしたの突然？」

佳奈は、ぼくの腕にうずめていた顔をもたげる。

「ただ、なんとなく。ふと気になった」

「変なの……。ベッドの中の会話じゃない」

それもそうだな、と思う。普段はあるはずの目覚まし時計で時間を確かめようとして、そこが自分の部屋ではないことを思い出す。佳奈が、スタンドの明かりを点けてくれる。

「その質問に答える前に、わたしからの質問ね。数字は無限にあるの？」

「どうかな。分からない」

「それと一緒。あえて言うなら、無限記号の色はあってもいい」

「それは、何色?」

「うーん……、本物の黒かなぁ」

ぼくは、驚かされてしまう。暗闇で鏡に映った自分の姿を思い出す。スイッチをつけることができなかったのは、あの一度だけだったけれども、まだ身体のどこかにあの不快感がとぐろをまいていた。

「じゃあ、2は何色?」

「青」

「3は?」

「赤」

「それなら5は紫?」

「どうして?」

覆いかぶさるような姿勢の佳奈が、首をかしげる。

「2プラス3は5で、赤と青を混ぜた色は紫だから」

「数字の名前と、何かを数えることは、独立して生まれたコンセプトだと思う。数字の色は序数の話で、それとは別に、数学のトートロジを作る過程で、2と3と5の関係が生まれたんじゃないかと思うの。あなたは、どう思う？」

「考えたこともないから、分からない」

「ふーん。普通の人は考えないのね、こんなこと」

みんながみんな、数字に色があるなんて考えていたら、ぼくは八年間も佳奈に魅力を感じ続けなかっただろう。

「そういえば、どうして、あなたの修論は認知システムの24進法処理なの？」

「修論のテーマには、ちょうどいいかなと思ったから」

「ううん、論文のテーマではなくて、『どうして、24進法なの？』っていうこと」

「実験結果として、二十四だから」

「なんだか、不安定な数字だね」

佳奈が右手で、たれさがっていた髪を耳にかける。

「人間の認知システムが、いくつの信号を発せられるかを調べたら、イオンの電荷によって二十三種のコードがあるっていう結論に達したんだ」

佳奈は、ぼくの説明が終わるか終わらないかのうちに、すぐに反論する。

「それなら、23進法じゃないの？」

「電荷がない状態のゼロからNまでの二十四だよ」

「じゃあ、みんな、10進法ではなくて、24進法でものを考えているわけ？」

「考えるときに使うコードと、それを脳内で処理するコードは、別なんだ。パソコンもバイナリ・コードで処理しているけれど、人間が操作するときは10進法なのと同じ」

「10進法と2進法では、どう違うの？」

「どうだろう？　コードが高次になるほど、なぜかは分からないけれどバランス感覚が優れている、って言われている。たとえば、てのひらに棒を立てて、それが倒れないように、手を微妙に動かす遊びがあるよね。それをロボットにやらせると、2進法のコンピュータより、擬似的に16進法で処理するコンピュータの方が上手なんだ」

ぼくは、見えない棒をてのひらの上に立て、右手を揺らしてバランスを取る振りをする。

「面白いね。じゃあ、その人間の認知システムの二十三種の信号には優劣があるの？　1は2よりも小さいとか、1のコードの二倍の電荷があるのが2のコードみたいな？」

「そんなことはない。二十三種の信号は、いろんな分子のイオンによって表現される」

「そうやって考えると、5が紫、っていうのは変じゃない？　だって、2と3と5のコードは、何の関連もないんなら」

「なるほどね」

ぼくは、佳奈の素肌の背中をなでた。

「でもなぁ……」

佳奈が、不満そうな顔で、ブランケットを引っ張りながらベッドの上に座る。

「でも、何？」

ぼくも、つられて身体を起こして、佳奈の不満を訊く。

「こうやって話しているときは『二十三種の信号』で自然なのに、『脳の中の処理は24進法』って言われた途端、違和感を持つ」

「ソフトウェアとハードウェアの違いだと思う。自然言語の会話は、脳のソフトウェアが担っているけれど、それを処理するのは、ニューロンというハードウェアなんだ」

「その心身二元論の考え方だと、死んだ人も、ニューロンがあるかぎり、何らかの信号を発していることになるよ」

「『死んでいる』っていう信号を発している」

「24進法を否定したくないだけの詭弁みたい。24は、高度合成数だとか、約数が八個で8は2の三乗だとか、四番目の階乗数だとか、そんな理由なんでしょ？」

佳奈が、24の特異性を並べ立てる。

「じゃあ、佳奈は、何進法にするのがいいと考えているの？」

「二十三種の信号が確認できるんだから、23進法でいいんじゃない？」

「2進法とか10進法の他に、12進法を採用した方がいいとする説もあるけれど、奇数の位取りは聞いたことがない」

「でしょ？　聞いたことがないから、仮説も立ててみない。それが浅はかだって言いたいの」

認知システムについては門外漢の佳奈が24進法を否定することに、少し腹が立った。

「佳奈が23進法の方が正しそうだって言いたいのは、大多数の人の染色体の数が二十三対だから？」

佳奈の話を否定するつもりで言ったのに、その途端、彼女の瞳が大きくなる。

「あっ、そうよね。気がつかなかった。きっと23進法よ」

「だったら、ショウジョウバエの行動は4進法処理になる。だから、染色体の数とコードの数は無関係だよ」

「ショウジョウバエの行動が何進法で処理されているかなんて、誰が検証したの？ 24進法であることを疑いもせずに研究を進めるのと、23進法の仮説を立てることに、そんなに大きな差がある？ 学界の統一見解なんて、当たっていた験しがない」

佳奈のあまりに真剣な口調に、ぼくの腹立たしさも薄らいでいく。

「だったら、誰も考えていないことを論文に記した方がいいと思わない？ 染色体の数は関係なくても、23は、1もいれれば、ちょうど十番目の素数だよ」

どうして佳奈は十番目の素数なんていうのを、さらりと言えるのだろう。

「それで論文が認められなかったらどうする？ 修論に期待されているのは、新規性よりも、既存の知識に対する理解の深度だよ」

「もう一年、マスターをやればいいじゃない」

ぼくは黙った。

「どうして？　わたしだけドクターに進学するのがいやなの？」

「そういうわけじゃないけれどさ……」

「そんなことで、馬鹿にしたりしない。それよりも、将来、二十四ではなくて二十三だって分かったときに悔しいじゃない。そのときになって、『自分は一九九〇年の時点でそう考えていた』なんて言っても誰も相手にしてくれないんだよ。それくらいなら、ドクターが一年くらい遅れてもいいから、言っておくべきだと思わない？」

「まぁ……、そうかもね」

「かっこいいじゃない。何年か後に、あなたの時代が来るなんて」

ぼくは苦笑した。

「メンデルは、実験で確証を得ていたから、『いまに私の時代が来る』って言えたんだ」

「そんなことない。自然科学史の学者の間では、メンデルの実験結果には、かなりの作為があるっていうのが通説だよ。メンデルの実験の母体数では、あの結論を導くのは難しいって。彼は、そこまで自分を信じていたっていうこと」

ぼくは、「どうしたものだろう」と思う。

「ね、そう言ってみなよ。学界の統一見解に縛られて、誰でも書けそうな論文を書くのより、ずっといい。二十三だって言ったからって、異端審問にかけられて、幽閉されたり火あぶりにされたりするわけじゃないんだし」

「大司教に、自分の祖先はサルだと公言するくらいの勇気は必要だけどね」

佳奈のくちづけを、ぼくは黙って受け取った。ぼくたちの心臓の鼓動が大きく聞こえた。

「みんなが笑っても、わたしは、あなたを信じている。あなたがその論文を書いてくれれば、わたしが、『わたしの愛する人の時代が来る』って墓碑に刻む」


――*10th Prime Number*

PRIMARY WORLD #16

ＤＷＳのプログラムを停止した状態のとき、《彼》の時間は、ある瞬間で止まっている。時間が止まっている状態で、《世界》は成立しているだろうか？

コンピュータから離れて、シミュレーションを構築する実験ができないと、言葉遊びが始まってしまう。

ぼくが「現在という瞬間のひとつ前の瞬間に存在していた」ことを、いったい誰が担保できるだろう。この瞬間に、「ひとつ前の瞬間も存在していた」という情報と、「ひとつ次の瞬間にも存在している」という情報を入力されているだけかもしれない。

厳密に「瞬間」を捉えると、その「瞬間」にまとまった情報を処理することは、システムにかぎらず、人間にとっても困難だろう。「時間は流れている」と感じさせるためには、「前の瞬間には右手は（X,Y,Z）＝（36,13,27）の座標にあった」、「次の瞬間には（X,Y,Z）＝（36＋m,13＋n,27＋o）の座標にあるはずだ」という情報を与えられるだけの時間が必要だ。瞬間だけでは、ぼくも、ぼくのいる世界も成立しないかもしれない。

「お風呂の栓を抜いたときに、こうやって渦ができるのは、情報の自己組織化なんでしょ？」

疲れた顔で大学から戻ってきた由美子のために、バスタブの掃除を始めたぼくの隣で、彼女が言う。

「ソファで休んでいなよ」

「あなたの隣にいた方が、余計なことを考えなくて済む」

ぼくたちは、腰をかがめて、バスタブの渦を眺めていた。

「この渦の向きは、最後に水分子にかかった力によるんだ」

「それで、もし、何の力もかかっていなければ、地球の自転にしたがう」

「よく知っているね」

「あなたが説明してくれた。お風呂の栓を抜くたびに言っている」

「そうかな」

「まるで老人みたいに、何度も説明してくれている」

記憶とはなんて不完全なのだろう。

「たとえば、地球の自転がなくて、重力だけがあったら、渦はできる？」

「どちらかに、できるだろうね。その方が、この狭い穴に大量の水が落ちていくには、効率的だから」

「それは、情報の自己増殖？」

「ううん。それこそ、自己組織化。つまり『栓を抜く』っていう信号があって、情報が自己組織化される。もし、何もしない状態なのに、突然、バスタブの水が渦をつくり始めれば、それは自己増殖だろうけれど……でも、それも自己組織化かな？」

ぼくは、何気なく始まった会話で、再び、DWSの《世界》のことを考える。

「ふーん。信号がなければ、情報の自己組織化はありえない？」

「ない、とは言わないけれど」

「どうして？」

「ぼくは工学者だから、『ない』とは言わない」

由美子が、ぼくの髪に手をあてながら笑う。

「何か、おかしい？」

「ううん。父は『ありえない』をいう科学者は二流だって、ずっと言っていた」

由美子の父親は、都内の私立大学で教鞭をとる天文学者だった。ぼくよりもずっと歳上の門下生が、たいした用事もないのに自宅に遊びに来ていたから、彼は優秀な教育者なのだろう。ぼくは、「天文学的数字」というのが口癖の彼が苦手だった。それは、自分が、どう転んでも教育者には向きそうにない性格からの嫉妬なのか、ガールフレンドの父親が同業者だったときのバイアスなのか、とにかく、言いようのない感情を持っている。

ただ、いまどき「天文学的数字」なんて言葉は、時代錯誤もはなはだしい。コンピュータは、データの量や大きさをほとんど問題としない。ケプラーの法則を実証するデータの処理だって、ケプラーがくしゃみをしている間にできてしまう。

「由美子のお父さんは、『ありえない』ことはないって信じているのかな」

「そうじゃないかな。あなたがこの街に来ることになって、『彼ほど好きになれる人は、この先、絶対に会えないからついていく』って言い張ったら、『ないなんてことは絶対にない』って、本気で怒ったんだもの。もし、あなたも同じように考えているなら、そんな科学者についていったって、たかが知れているってね」

ぼくは、札幌への赴任前、由美子の家に行ったときの彼の表情を思い出して苦笑した。クラスの概念を無視するなら、「ありえない」ことはないという状況も「ありえない」かもしれない。

「絶対ない、ってお父さんも言っている」

「あっ……」

由美子は、バスルームでスカートの裾を持ちあげたまま、笑顔になる。

「どうして、そのときに気づかなかったのかな」

けれども、ぼくは、ＤＷＳの設計で、ひとつの「ない」を仮定した。

『情報の自己組織化は、何らかの十分な信号を与えないかぎり、ありえない』

　この仮定が、ＤＷＳの前提だ。

　ＤＷＳでは、長期記憶クラスの情報の自己組織化を回避するため、矛盾のある情報を入力しないように慎重を期している。けれども、二時の研究棟では、バイオ素子板を一個の多細胞生物と捉えて、バイオ素子間で「情報の自己組織化」を発生させるプログラムを期待しているかもしれない。ソフトウェアとハードウェアの設計ではアプローチが異なるだろうが、同じ工学者として、二時の研究棟が考えていることは想像がつく。

　ぼくは、端末のディスプレイに混じったノイズを見つけたときに、一瞬、「ＤＷＳの自己組織化だろうか？」と考えた懐疑を消し去ろうとしていた。

　ぼくが、ＤＷＳに構築した《世界》の絶対的な創造主なのだ。その《世界》に智恵の果実は存在しないし、《彼》はぼくに絶対服従しなければならない。

――*Denial*

修士論文の中間発表では、研究室の学部生からも失笑を買った。温厚な性格で寛容な教授だけが、ぼくの発表を黙って表情も変えずに聞いていた。

「いままで作ってきたモデルを23進法に変えたことによって、何か違った結論を導き出せたのか？」

彼が目をあげると、部屋の失笑が引き潮のように消える。

「これといった……」

「君のシミュレーションは、目的が明確にされていない。それなら、24進法を採用するのが妥当だと思わないか？」

「2進法しか表現できないハードウェアで、24進法をシミュレーションする際、目的は明確化されていたんですか？」

ぼくは、幼稚だとは思いながら、苦し紛れの質問を切り返した。彼の冷たい視線を予想したのに、返ってきたのは、意外にも笑顔だった。

「たしかに、そうだな。ただ、24進法の方がシミュレーションを作りやすい。新しい仮説があるなら別だが、24進法モデルの方が無難だとは思わないか？」

ぼくは、うなずこうか、うなずくまいか、迷った。迷っているうちに、彼が言葉を続けてしまう。

「まぁ、いい。夏休み後の発表に期待している」

教授のひと言で、研究室は夏休みを迎えることになる。

学部の卒業研究の中間発表に時間を割いたおかげで、研究室のある東校舎の廊下は薄闇に浸っていた。暗闇の廊下に十人ばかりの夏休みを迎えた声だけが響く。その最後尾で、ぼくは教授に話しかけられた。

「どうして、突然、二十三なんていう数字にしたんだ？」

彼の声は、宵の空気に不思議なゆらぎを作る。

「……たいした根拠はありません」

ガールフレンドがそう言ったので、と答えるわけにもいかず、言葉を濁す。薄闇で、教授の表情を読めないのが、不安を呼ぶ。

「そうか……。一〇四・五、この数字がなんだか分かるか？」

ぼくは、「いいえ」とだけ答えた。

「水分子における酸素原子と水素原子の共有結合の角度だ」

彼は、人工知能開発の国内の先駆者として知られていて、もうすぐ定年を迎える。いまでこそ、人気の学科で成績の優秀な学生を集めている認知科学も、彼が専攻を選んだころには将来性が未知の分野だったに違いない。その彼が、水分子の結合について語り始めた意図を汲み取れない。

「まぁ、教養課程の教科書では百二十度になっている図が多い。実際、多くの分子の共有結合の角度は、そういうきっちりした数値なんだ」

暗闇に、彼の声が映像のように響く。

「知りませんでした。三百六十を一〇四・五で割ると……」

「約三・四四四だ。中途半端で、珍しくもない値だ。その意味を想像できるか？」

「さぁ……」

「だろうな。誰も分かっていない。いったい、どういう仮説をたてたら、そういう中途半端な値の答えが出てくるのか、皆目見当がついていない」

「そうですね」

多少、期待はずれだった。

「君は、にわとりの卵を、水に浮かせることができるか？」

「いえ……」

ぼくは、突拍子もない質問に、薄闇の中でもう一度首をかしげた。

「卵の比重は、水より大きいからな。私の学生時代の唯一の芸だ」

「先生は、浮かせることができるんですか？」

「できる。いまでも、ときどきやってみるんだが、ちゃんと卵は水に浮く。私の専攻が化学や物理だったら、学生相手にこんなことは言わないが、卵は水に浮く」

裏口を出ると、外は月明かりだった。すでに本番が近くなっている夏の暑さが、夕闇に居座っている。ぼくは、やっと教授の表情を確かめた。彼は、終業式の小学生みたいに、楽しそうな顔をしていた。

「最初に、水の共有結合の角度が一〇四・五度だと言った奴は、しつこく再試を要求されただろうな」

唐突な二つの話で、彼の伝えたかったことが分かって、ぼくは安堵から小さく笑った。

「ただし、論文を評価するのは、私ひとりじゃない。そこは考えておくべきだ。二十三は中途半端だ。二の五乗の三十二って言うなら分かるけどな。二十三は、その逆か」

数字の逆と言いながら、教授が桁を入れ替えるとは思っていなかった。それが、どれくらい無意味な作業かは、高校生でも分かる。ぼくは、慌てて首を振った。

「うーん、二十四っていうのも、考えてみれば、中途半端な数字だけどな。『一日が二十四時間だから』と言ってみても、通じるわけじゃないしな」

ぼくは、からかわれているだけなのかもしれない。

「これは、ぼくの予想で、何の根拠もないことなんですが」

「そうだろうな。だいたい、そういうことを言い始める奴は、思いつきだけでものを考える奴と相場が決まっている」

彼が笑顔を向ける。

「ぼくは、回路が開いた状態、つまりゼロの情報は存在しなくてもいいと思うんです。二十三の信号があって、回路が開いた状態をそれに足して、24進法とするのは安易のような気がします。いまは論文に示せませんが、認知システムにおいては、『便りがないのは無事な証拠』みたいな情報伝達は間違っているかもしれないと……」

「なるほど、二十四から一を引いて、二十三か。少し説得力がある」

学生たちは、学期の打ち上げコンパを予定しているのだろうか、少し遅れて歩くぼくたちを、門の前で待っている。

「君は、一緒に行かないのか？」

「ええ、家で夕食を用意してくれているものですから」

ぼくは、彼らと別れて、佳奈が夕食を用意している家に向かった。

——104.5

PRIMARY WORLD #17

グリフォンズ・ガーデンが閉鎖された五日目になって、ぼくは休暇を持て余し始めた。学生だったころは、マックで簡単なプログラムでも書いていれば暇をつぶせた。IDA－10とスーパー・コンピュータを自由に使えるいまは、自宅のマックではレスポンスの悪さにいらいらする。

五日間でやったことといったら、食材の買い物に市街の中心部にあるデパートに出掛けたくらいで、あとはそのときに買った本をめくって、ぼんやりと部屋で過ごしていた。気づくと、ぼくは、何か一点、由美子が活けた食卓の紫陽花《あじさい》や、ライティング・デスクのマウスやなんかをぼんやりと見続けている。我に返って、「どれくらいそれを眺めていたのだろう?」と思い出そうとしても、時間感覚に不安を覚えるだけだ。情報にゼロという状態があるとすれば、こんな感じだろう。

そして、ときどき思い出したみたいに、DWSのことに考えを巡らせた。

よく晴れた、北風の気持ちいい昼下がりだ。上昇気流に乗ったのか、一匹の揚羽蝶《あげはちょう》が、七階の部屋に迷い込んでしまう。ぼくは、居間のソファに寝転がって、優雅に飛ぶ揚羽蝶を眺めた。

彼女（彼かもしれないけれども、彼女にしておこう）は、いま自分がいるところが、エネルギ源となる草花の蜜もなければ、生殖相手もいない、ひどく無機質な空間であるのを知らずに、悠々と羽をひらめかせている。多彩色の羽は、白い壁に映えたり、黒のスピーカーに溶け込んだりしながら、何かを思索するように部屋を舞う。けれども、彼女は何も考えていないだろう。ぼくは、ソファの肘かけに頭を置いて、彼女を目で追った。「言葉を持たないというのは幸福なことなんだ」と、ぼくは彼女に思う。もしも彼女が言葉を有していれば、閉鎖的な空間に閉じ込められてしまった恐怖感で、すでに絶望の域に達していただろう。

言葉は、多くの災いをもたらす。

どうして、創造主は「世界の存在を疑う」という可能性を残したのだろう。創造主が完璧な存在であるなら、自分の作った世界の存在に懐疑を抱かせない用心深さはあってもいい。それとも、ぼくがいま意識を持っているのは、ビッグバンから信じられないくらいの確率で、偶然、情報を自己組織化させた結果としてのことなのだろうか。

「いや、違うんだ。『自分は情報の自己組織化された集合体だ』と思わせるのも、彼の意図したことなんだろう。そう考えるのは、この世界の瑕疵を隠すための罠にはまっているだけだ」

揚羽蝶に話しかけてみる。

けれども、ぼくは、ＩＤＡ－10を知ったことで、創造主の存在を初めて真剣に考えなければならなかった。工学者が、人工知能のゴールを考え始めたとき、哲学者の言葉に耳を貸さなければならなかったように、ＩＤＡ－10は、ぼくに創造主を考えさせた。

「世界を成立させるためには、その内側に言葉がなくてはならない。君は、言葉を有していないから、そんなに優雅に舞っていられるんだ。ぼくが窓を閉めてしまえば、君には孤独と死しか残されないのに、君はそれを推測できない。上昇気流に乗って七階まで舞い上がろうとした気紛れの冒険心の代償としての絶望も知らずに死んでいけるんだ」

揚羽蝶は、ぼくの言葉に驚きもせず、ソファの背もたれに足場を作り、二枚の羽をぴったりとあわせる。ストローのような口を伸ばして、ソファの表面をつつく動作が繰り返される。

ＤＷＳの《世界》にいる《彼》は、創造主であるぼくの存在を知らない。皮肉なことに、《彼》がぼくの存在に気づくのは、《世界》を疑うときだ。

「ぼくは、世界の存在を疑っている」

ぼくは、揚羽蝶を目で追いながら、ひとり言をつぶやく。揚羽蝶が言葉を介さずにヒントを与えてくれたのか、札幌に来てからの三ヶ月間、三人以上の会話がほとんどないことに気づく。由美子との買い物や食事で、決まり切った科白をいう第三者がいることはあっても、大学の研究室にいたころのように、数人でのディスカッションをしていない。

「ぼくは、世界の存在を疑っているクラス1の《自分》を、疑っている」

「ぼくは、世界の存在を疑っているクラス1の《自分》を疑っているクラス2の《自分》を、疑っている」

「ぼくは、世界の存在を……」

やがて、微睡みに包み込まれる。ゆめの中の自分をコントロールできる明晰夢だ。その中で、ぼくは叫んでいた。

「この懐疑を、絶望というのか？」

広く何もない部屋で、ぼくは叫んでいた。

「言葉を有した代償が、この孤独か？」

IDA-10を知らなければ、ぼくは、幸せな生活を送っていたに違いない。やさしいガールフレンドと何人かの友人と、グリフォンズ・ガーデンに招かれるような成功はなかったとしても、大学の博士課程でそこそこの生活を送っていただろう。そして、由美子のように言葉にすることはなくても、ぼくは創造主に感謝していただろう。

「たぶん、おまえも味わっているだろうこの懐疑と絶望と孤独を、ぼくに与えるためにIDA-10を存在させたなら、おまえは卑劣であさはかだ」

目覚めると、部屋の中は群青色に染まっていて、揚羽蝶はどこかに逃げ去っていた。寝汗に湿ったポロシャツを脱ぐと、窓から流れ込む宵の風が心地好い。習慣的に、ローテーブルにあったリモコンでTVをつける。

『こんばんは。今日は、スタジオを出て、藻岩山展望台から札幌の夜景をバックに、明日の天気をお知らせします』

聞き慣れた声につられて画面に視線を向けると、由美子がいた。

『明日は、日本海の高気圧の影響で、北海道全域で気温が上がり、八月中旬の暑さになるでしょう。オホーツク海側の天気は、晴れ、正午までの降水確率は十パーセント……』

「信じられない」

無意識のうちに、TV画面の由美子に話しかけていた。

「ぼくが、いま、君と同じクラスにいるなんて信じられない」

由美子に「君」なんていう二人称を使うのは、何年ぶりだろう。ブラウン管に閉じ込められた由美子を見るのは慣れたつもりでいたのに、ぼくは、別のクラスに置き去りにされたような気持ちになる。

『日本海側の天気は、曇りときどき晴れ、正午までの降水確率は……』

彼女の背後にひろがる夜景の街には、方角からすると、ぼくがいる部屋もどこかに映っている。

「数えきれない光のひとつが、このTV画面の光だなんてね」

ぼくは笑いたくなってしまう。天気予報が終わって、画面はスタジオからの映像に変わる。キャスターの後ろのモニタには、まだ由美子の姿が映っている。

『鍋島さん』

『はい』

キャスターの呼びかけに、由美子はイヤホーンをはめている左耳に手をあてて、ちょっと腰をかがめている。きっと、足許にモニタがあるのだろう。ぼくは、何層にも入り組んだメタクラスを整理しようとして混乱した。

『鍋島さんは、藻岩山の展望台は初めてだって聞いたんですけれど、札幌の夜景はどうですか？』

『ええ、きらびやかな箱庭を眺めているみたいな気分です』

ぼくは、ソファのクッションをTV画面に投げつけた。そうすることが、何の意味も持たない、子どもじみた行為だと知っていても、自分を止められなかった。

「それなら、ぼくは箱庭の人形か？」

——*Miniature Garden*

DUAL WORLD #17

教授から呼び出されたのは、夏休みに入って二週目の水曜日だった。

「君は、同棲しているのか？」

教授は、廊下で待っていたぼくを見つけると、最初にそう言った。母が佳奈の家の電話番号を彼に告げて、ぼくは彼からの電話をガールフレンドの取り次ぎで受け取った。

「論文を書く間、一緒にいるだけです。いま、妹が帰省していて、実家がうるさいものですから」

ぼくは、彼の後に続いて、休暇中の研究室に入った。研究室というには、意外なほど本の少ない部屋だ。

「ここは、エアコンが必要じゃないんだな。私の家の辺りは、エアコンをつけないと、どうにもならないくらいだ」

「ぼくの家もそうです」

「君の家は、渋谷辺りだったか？」

「ええ、富ヶ谷《とみがや》です」

「じゃあ、エアコンがないと、どうにもならんな」

彼は、世間話をしながら、窓を開ける。武蔵野《むさしの》の雑木林を通ってきた風が、部屋に流れ込んでいく。夏の香りの風だった。

「早速だが……」

ぼくは、教授の机を取り囲むように置かれた折りたたみ椅子のひとつに座った。

「君の論文は、教授会では認められんだろう、ということだ。まぁ、修士号はお情けでくれるだろうが、進学は諦めた方がいい」

彼は、机に両肘をついて、反応をうかがっているようだった。ぼくが「分かりました」とだけ答えると、彼は、休暇用の笑顔になる。

「進学に興味がないのか？」

「できれば、この大学に残りたいです。けれども、それが叶わなくてもいいと覚悟して書き始めた論文です」

「そうだろうな。まぁ、私だって、そんなことを言うために、君をわざわざ呼び出して、わざわざ休暇中に遠くまで来ているわけじゃない」

二つの「わざわざ」がおかしくて、教授と二人きりの研究室の緊張をほぐした。

「煙草を吸ってもいいか？」

彼は抽斗から灰皿を取り出して言う。

「どうぞ」

校舎内は禁煙なので、彼が煙草を吸うのは、これから始まる話が非公式なものであることのメタファかもしれない。

「人工知能は実現すると思うか？」

彼は、一服目の煙を吐きだしながら言う。

「何を以て人工知能とするかの定義は必要ですが、機械翻訳や、いくつかのエキスパート・システムは可能だと思います」

「私もそう思う。ただ、私が生きている間には無理かもしれない。完成させるとすれば、君の世代か、その次の世代だな」

さびしそうな科白だった。蟬の声がうるさい。

「そう言いきる必要も感じませんが……。エッカートとモークリーが、四十年後のコンピュータを想像できたかというと、そんなことはありえないだろうし、ウィリアム・ショックリーがバイオ・コンピュータの構想だけでも持っていたかっていうと、それもないでしょうし……」

「その四十年後に、私は、それが人工知能なのかどうかを判断できない」

失言に反省する。

「君のガールフレンドは、たしか、この大学の文学部のマスターにいるんだったな」

「そうです」

「彼女は大学に残るのか」

「そのつもりみたいです。ぼくより優秀ですから」

「そりゃあそうだろう。博士課程の進学を希望している学生で、君より優秀じゃない奴を探す方が難しい」

ぼくは苦笑するしかなかった。

「結婚するのか？」

唐突な質問に戸惑ってしまう。

彼がぼくの答えを待つ間、佳奈との将来のことを考えた。佳奈は、ぼくが東京を離れることになっても、ついていくと言っていた。けれども、彼女の将来を考えれば、首都圏で就職先を探すのが妥当だろう。

「いずれは結婚するつもりです」

「研究者にとって、学生のときの恋愛はつらいな……」

「お互いに分かっているつもりです」

ぼくが首都圏で就職をしても、佳奈が博士課程を修了する三年後には、また同じことを考えなくてはならない。それは、二人とも進学せずに就職したとしても同じだ。

「そうか……。ＩＣＯＴの下部機関が、君を迎えたいと言っている。知人がＩＣＯＴの理事をやっていてね。そこに行けとは言わんが、チャンスではあるだろう」

彼は、煙草を灰皿に押しつけると、ぼくが学部のころからずっと彼の手にあった革鞄から、一枚のファクシミリを差し出した。

「知能工学研究所……」

「聞きなれない言葉だが、認知科学より総合的だと言いたくて、そういう名前にしたんだろう」

教授はそう言ったが、ぼくは、「知能工学」という言葉に違和感を持たなかった。手渡された紙片に目を通す。そこには、来年の四月からＩＣＯＴの職員として採用したい旨が記されていた。紙片の右下には、責任者の署名とともに、『September Island／AUG.04,1990』と記された円形の日付印が押されている。

「ここで結論を出す必要はない。九月十五日までに、私から回答することになっている」

「この『セプテンバ・アイランド』っていうのは何ですか？」

「名称だろうな。この大学よりは、頭がやわらかそうだ」

それにしても、ブティークみたいな名前を、ファクシミリの送信用紙に印刷してしまうＩＣＯＴの機関というのには、信じられないものがあった。

「その研究施設は、札幌だ。だから、ゆっくり考えるといい」

彼は、そう言って立ち上がると、二人だけの夏休みの短い会談が終わったことを笑顔で教えた。ファクシミリの紙片を返すと、彼は、それをシュレッダに入れて、ぼくのためにドアを開けてくれた。

「悪いが、他の学生、ご家族にも、ICOTへの採用ということに留めてくれ。知能工学研究所も名称も、他言無用だ」

「赴任地もですか？」

「ご両親や婚約者には伝えなきゃならんだろうが、それは、君が行くことを決めてからだ」

「他の就職先を見つけたときは？」

「今日のことは忘れてくれ」

「分かりました」

ぼくたちは、ひっそりとした廊下を歩いた。

「君は、レイ・ブラッドベリの『ウは宇宙船のウ』っていう小説を知っているか？」

ぼくは、首を横に振った。今日の教授がまとっていた違和感が、そのときになって分かる。夏休みの普段着のせいでもなく、初めてガールフレンドの話題が出たせいでもなく、彼はひどく歳をとっていた。

「宇宙飛行士になりたい少年のもとに、宇宙航空委員会の選考通知が届く話だ」

死期を悟った老人と話しているような気分にさせられる。

「私には、とうとう来なかったな」

「何がですか？」

歩き慣れた廊下が、やけに短く感じられた。すでに玄関まで来ていて、ぼくは話を続けるべきなのか迷った。

「行くことにするなら、論文はあのままでいい」

教授は、ぼくの問いには答えてくれなかった。

「分かりました。暑い中、ありがとうございました」

「お互いにな。ありがとう」

ぼくは、車寄せで彼を見送り、陽射しが音を立てているのかと錯覚するような、日向に出る。どこかに反射した陽射しが目に飛び込んで、一瞬、何も見えなくなり、真っ白な闇に包まれた。

ぼくは、佳奈が待つ生協前の広場に向かった。コンクリートに落ちる影は小さく、すべての輪郭は尖っていた。

「何だったの?」

欅の木蔭のベンチで佳奈がぼくを迎える。

「あの論文じゃあ、進学は無理だってさ」

「そう……」

佳奈の隣に座ると、紀ノ国屋《きのくにや》の袋から、よく冷えたアップルタイザーの瓶を渡される。

「約束どおり、励ましてくれないの? 予測できなかった事態じゃないだろ」

「ちょっと無責任だったかな、って思っただけ」

「そんなことはない」

ぼくは、藤色のフレアスカートの上に揃えて置かれた彼女の手に視線を落とした。

「ずいぶん長く、この大学にいるような気がする」

「もう六年目だもの。……そんなに落ち込まないで」

「落ち込んでなんかいない。ただこうやって人気《ひとけ》のない大学を見ていたら、ゆめの中に来てしまった気がしたんだ」

蝉時雨《せみしぐれ》の湖の底にいるみたいだった。佳奈は立ち上がって、ぼくの前で両足を揃える。

見上げると、佳奈の髪が逆光にふくらんでいる。

「ここで待っている間、あなたは遠い街に行くことになるんだろうなって、なんとなく分かった。でも、不安にはならなかった。ついていくって、決めていたから」

「ありがとう。そのことで、佳奈に話さなきゃならないことがある」

佳奈は、もう一度、木蔭のベンチに座った。広場の先のコンクリートは、銀メッキをしたかのように容赦なく陽射しを跳ね返している。目を細めたくなる光の中を、小さく細長い影がぼくたちのベンチに近寄ってくるのが見えた。

「まだ、野生動物っているんだね」

佳奈が、地面を指して言う。ぼくは、佳奈の指先を見つめた。それは、日陰に誘われたのだろうか、細長い身体をきらめかせる群青色の蛇だった。

「大学の中は、まだコンクリートで塗りかためられていないからだろうな」

「ほっとするよね」

小さな蛇は、首を持ち上げて、ベンチに座るぼくたちを見つめている。その仕種が、どことなく人間のようで、ぼくは、三人で話をしているような気分になった。彼（彼女なのだろうか）は、まるでぼくたちの話の内容が分かっているかのように、ときどき首をかしげている。

「話って、何？」

佳奈が、ぼくに寄りかかりながら言う。

「誰もいないから、こうして聞いてもいいでしょ？」

「蛇が見ているよ」

「間違った決断で大学を追放されても、『蛇にそそのかされただけ』って言い訳ができる」

佳奈が言う。ぼくは、アップルタイザーをひと口飲んだ。いつ、その決断をしたのだろう。佳奈の言うとおり、蛇にそそのかされたのかもしれない。佳奈と蛇に伝えたのは、ＩＣＯＴの研究機関に就職する、ということだった。

――*Paradise Lost*

PRIMARY WORLD #18

八日ぶりに研究室に戻り、ＤＷＳを作動させる。

プログラムのサスペンドを解除すると、ディスプレイにノイズが混じり始める。パレットに設定していない色が映し出されるディスプレイを眺めながら、ＤＷＳの《世界》に対して《彼》が認識している何かを、明確にフィードバックする方法を作らなかったことを後悔する。入力データから作成される《彼》の認識は、ＩＤＡ‐10のストカスティック性の範囲内で決定されると考えていた。

サスペンド前と同じく、修士論文の執筆が思うように進まずに、いらいらしているはずの《彼》の意識に、パレットにない黒色が混ざっている。原因を考えていると、ノックの音が聞こえて、藤野さんが細く開けたドアの隙間から顔を覗かせる。

「ご無沙汰」

「おはようございます。本当に、ご無沙汰って感じですね」

「入ってもいい？」

「どうぞ」

彼女は、六花亭《ろっかてい》の包みを持って、ぼくの横の椅子に座った。

「浮かない顔をして、どうしたの？」

「ノイズが混じるんです。その原因を考えているんですけれど……」

DWSの内容を知っているのは、いまのところ彼女だけだったので、ぼくは、相談相手ができたことに安心した。

「情報の自己組織化かな？」

彼女は、それを予測していたかのように、こともなげに言った。

「そうは考えたくないんです。情報の自己組織化が始まるのは、何らかの信号を与えないかぎり可能性は低いんじゃないか、っていうのが持論なんです」

「たいていそうよ。でも、そうではない事態も、ちょっと期待しているでしょ？」

ぼくは、「どうだろう？」と首をかしげた。

「この端末と六時の研究棟をつなぐ光ケーブルをリスがかじって、ビット落ちしている可能性は考えられませんか？」

「わたしの部屋の端末は、何も異常がないから、それはなさそう」

「IDA-10のぼくの使用領域にだけ異常電圧がかかったとか……」

「そんなことは、まずありえない。あの六時の研究棟は、軍事機密並みの取り扱いをしているんだから」

彼女の言うとおりだ。六時の研究棟は、窓を開け放ち、研究員の出入りも自由だけれども、管理者以外は、回廊からＩＤＡ‐10を見られるだけで、触れることはできない。

「じゃあ、何だろうな」

「新鮮な芥子のエキスを注入したことで、処理速度が変わったことが予測されるから、それがプログラムのエラーを顕在化させたってことはない？」

「うーん……。このシステムの中の《彼》は、日本語で約二十字の文章を理解するのに、〇・五マイクロ秒を要する設定なんですけれど、そこらへんかな」

ぼくは、別の端末でＤＷＳのプログラムを開いて、その設定部分を確認する。下位処理の終了を、予測時間で判断するような初歩的なミスは見当たらない。

「ところで、《彼》は、今、どんなことを考えていたの？」

「ガールフレンドの部屋で修論を書いているところです」

「《彼》は幸せそうね」

ぼくは、プログラムをスクロールさせながら笑った。《彼》は幸福だ。その幸福を与えている者が、絶望感を味わっているのに、その存在すら知ろうとしない。

「そのノイズが、情報の自己組織化によるものだというログを提示できたら、すごいことよ」

「だって、君のシステムには、何十万っていう言葉が入力されていて、それが、新しく入ってきた情報に関与するときは、芋づる式に引っぱりだされるんでしょ」

「文学的表現を使えば、そういうことになるかもしれません」

ぼくは「芋づる式」という単語に笑った。

「IDA-10の記憶制御は特殊だから、何かの拍子にそういうことが起きても不思議じゃない。実際、それを実験している人もいるのよ。とにかく情報を与えていって、入力していない情報が出力されるのを待っている人が、たしか八時の研究棟にいた。成功はしていないみたいだけれど」

「ふーん」

「ふーんって、あんまり興味がない？」

「興味はありますけど、このデュアル・ワールド・システムでは、そんなことはあってほしくない、というのが正直な気持ちです」

「どうして？」

「藤野さんの言う『情報の自己組織化』は、IDA-10のストカスティック性の範囲を超えて、《彼》が勝手にいろんなことを考え始めたり、勝手に行動したりするわけですから、ぼくにとって面白くないのは、分かってもらえませんか？」

「そうかな……」

「そうかもしれないけれど、《彼》がどんな行動をとるかは興味がない？　君の意に反するのか、それとも、君がこれから与えようとしていた情報を生みだすのか」

ぼくは、どう応えたものかと、キーボードに置いた手を止めた。

「どうかなぁ……。話題を変えますけど、藤野さんが考える情報の自己組織化に必要な信号っていうのは、何ですか？」

「うーん、何だろう？」

ぼくは、彼女が答えに悩んでいる間、プログラムの再チェックを進めた。

「その状態の対極みたいな状態を与えられることじゃないかな。たとえば、集団から任意の小グループを取り出すと、それはインコヒーレントなんだけれども、集団全体としては安定している。その安定した状態を混乱させたり破壊したりする信号を与えると情報の自己組織化が発生するかもしれない」

「そういうのはありますよね。情報の自己組織化じゃないけれど、企業組織で、のほほんとしていたのが、外部から何かの侵害を受けたとかっていうときに、信じられないくらいまとまりができちゃう場合とか……。でも、内部から自然に、というか、自律的に自己組織化が起こる可能性としては、何がありますか？」

「それを追究しているところだから、いまは、想像でしか答えられない」

「情報の自己組織化は、外部からの信号がなければ起こらないと仮定して……」

「ええ。……なんだか、講義みたいね」

藤野さんの表情を確かめると、学生みたいな顔をしていた。

「よく、人間は情報の自己組織化体だって言いますよね」

「はい」

ぼくは、彼女の返事に笑った。

「一方で、『他者は本当に存在しているのか』という西洋哲学の問いかけがあります。『他者は、自分の意識にある幻想ではないか』という懐疑です」

「いま、君が悩んでいる問題ね」

「そうです。この二つのことは、背理です」

「つまり、自分が情報の自己組織化体とすれば他者からの刺激が必要になるし、他者がいないとすれば自分も存在しないことになる、っていう意味？」

「そう」

何気なく始めた会話が思わぬところで、ぼくの悩み続けた問題に解決の緒を提案してくれたことに、気分が軽くなった。

「教官、質問です」

ぼくは、笑いながら「何ですか」と言った。

「その『他者』とは、どんなものだとお考えですか？」

「主観の対極、つまり、私に対する客観です。あるいは、君たちからみれば、君たちに対する私の客観です」

「ありがとうございました」

「講義を終わります」

藤野さんは、笑顔で部屋を出ていく。彼女が、六花亭の包みを忘れていったのを、彼女の部屋まで届けようと思って席を立ちかけて、添えられたメモを見つける。

『後味の悪かった休暇の口直しです。食べるときは、声をかけてね 藤野』

ぼくは、端末に向かって、プログラムの確認を終える。

「けれども、実際のところ、情報の対極とは、いったい何なんだろう?」

ぼくは、頬づえをついてディスプレイを眺めながら、ひとり言をつぶやいた。

ディスプレイには、新しいデータを入力していないのに、茶色が一面に発色されている。

その色は、由美子の瞳を思い出させた。

――*Opposite Side Of Information*

DUAL WORLD #18

修士論文の目途がついて、ぼくは、長澤優子から感覚遮断実験で被験体になったお礼の夕食をご馳走になっていなかったのを思い出した。電話をかけると、長澤は来春の医師国家試験の勉強中で、疲れ気味の声をしている。彼女は、「お互いの息抜きにはちょうどいいね」と電話回線の向こうで笑った。ぼくたちは、茹《う》だるような暑い午後、卒業した高校の正門で待ち合わせをした。

「高校の入試が終わったとき、ここで待ち合わせをしたのを覚えている？」

正門の桜の木蔭でぼくに待たされていた長澤は、ブルージーンズに、大きめの白いシャツを着ていた。ぼくは、「そんなこともあったね」とだけ彼女に答えて、高校生のころにはなかった飲茶《ヤムチャ》を出す店に彼女を誘った。

「そう、札幌に行くのか……。さびしくなるね」

「年に一回も会わないんだから、そんなこともないだろう」

「電話をすれば、すぐに会えるっていう安心感があるのとないのとでは、大きな違いがあるでしょ」

ぼくたちは、プーアル茶を飲みながら、蒸籠が運ばれてくるのを待った。

「佳奈ちゃんは？」

「北海道大学の博士課程に進学する準備をしている。教授の推薦も取れそうだし、彼女の成績なら十中八九、問題ないと思う」

「たいへんだね。結婚するの？」

「まだ二十四だよ」

「二十四なら結婚してもおかしくないよ。一緒に暮らすんでしょ？　だったら、結婚してもいいんじゃない？」

「長澤がさびしがると思ってさ」

「そんなこと、考えてもいないくせに。冗談でも言っていいことと悪いことがある」

一緒に笑って、運ばれてきた蒸籠の蓋を開ける。

「ところで、感覚遮断実験の後遺症は、何もなかった？」

「なかったよ」

「よかった。連絡もくれないし、心配したんだよ」

ぼくは、洗面台のライトを点けられなかったのを思い出したけれども、余計な心配をかけそうだったので伏せた。

「たとえば、どんな後遺症があるの？」

「うーん……、NASAとかNASDAには症例があるんでしょうけれど、あまり公表されていないの。記憶喪失になるとか、その逆の幻想記憶ができるとかっていう噂はあるけれど眉唾もの」

そう言われると、二十二歳の夏くらいから感覚遮断実験までの記憶を思い出せない。

「長澤は、感覚遮断実験の経験はある？」

「まだ。どんな感じだった？」

「うまく思い出せないけれども、死んでいくっていう感覚はこんなものかなって思ったのだけは覚えている。だんだん情報が減っていって、情報がなくなっちゃうんじゃないだろうか、って」

「エントロピ無限大、みたいな？」

「そこまでは考えなかったけれども……、エントロピ無限大っていうのは、身体を構成している分子も、全部、外部空間に均一になっちゃうってことだろ」

「ううん、物理的なエントロピじゃなくて、文学的な意味でのエントロピ」

「どうかな。ぼくは、熱力学以外で遣われるエントロピの概念がよく分からないんだ。たとえば、脳について言えば、脳細胞が静止しちゃうんじゃないか、みたいな感覚だったよ」

「でも、そうやって考えていること自体、シナプスは発火しているんじゃない？」

「そうなんだけれど、その思考さえゆっくりとしてきて、もうすぐ何も考えられなくなりそうな恐怖感なんだ。線香花火の火花がだんだん小さくなっていくような感じ」

「ふーん。でもよ……」

ぼくは、長澤の「でもでも」の攻撃に少し笑った。

「うん、でも、でも？」

「でも、どんなに思考が停止しても、君の心臓は動いているんだから、脳細胞が完全に停止することはないと思う。君の場合、身体機能の異常は計測されなかった」

「心臓を鼓動させるとか、消化器官を維持させるとかの自律システムは、自分では意識できないことだろう。科学的に定義できるような死の感覚っていうわけじゃなくて、思考が緩慢になっていくんだ」

ぼくは、壁にかかるジョージア・オキーフの個展のポスターを眺めた。

「本当にありがとうございました」

「なんだよ？　急にあらたまって」

長澤が、冗談を言う表情ではなく、本当に頭をさげていたので、ぼくは戸惑った。

「いろんなことに。真夜中の電話で愚痴を聞いてくれたり、被験体になってくれたりしたお礼。もう、そんなこともできなくなる」

「これからだって、電話で愚痴を聞くくらいはできる。まぁ、ぼくがそう言わなくても、長澤は電話をかけてくるだろうけれど」

「できないよ。電話して、佳奈ちゃんが出たら気まずい。ただでさえ、佳奈ちゃんは、わたしと君の関係を疑っているんだから」

「もう、そんなこともないみたいだよ。高校のころは、長澤の服を買うのに付き合ったりすると不機嫌になったけれど、今日のことを話したら、よろしくって言っていたよ」

「そうなのかぁ……。なんだか残念」

「どうして？」

「裏返せば、わたしは、佳奈ちゃんから君を奪い取るほどの魅力がなくなったってことじゃない」

長澤はそう言って笑った。

「高校のころね、佳奈ちゃんの友だちに喧嘩売られたことがあるんだ」

「けんか？」

「うん。喧嘩って言っても、まぁ、女子高生のだから、いまから考えればかわいいもんだけれど。体育の時間にバレーボールのグループを組んだりするときに仲間はずれにされちゃうとか、そういうの。佳奈ちゃんは、同性に人気があったからね」

「知らなかった」

「わたしって、それくらい魅力的な女だったのになぁ」

「目障りなだけだったんじゃないの」

「でも、もう、遠くに行っちゃうんだね」

「デザートは、何にしようか」

ぼくは、うつむき加減になった長澤にメニューを渡す。

「杏仁豆腐にしようよ」

「気が合うね」

ぼくは、手をあげて店員を呼ぶ。

「あっ、待って。ねぇ、あの東大が試験の季節だけコピー屋になるかき氷屋ってまだあるのかな」

ぼくは、長澤の気まぐれのおかげで、テーブルまで来てくれた店員にプーアル茶の追加を頼んだ。

「どうだろうね。ただ、あそこは、夏だけかき氷屋になるコピー屋だと思うよ」

「もう、その言い争いはやめようよ。高校のころ、さんざんやったでしょ」

ぼくたちは、店を出て、高校から駅に向かう坂道を下った。けれども、探していた『氷』の幟《のぼり》は見つからずじまいで、ぼくたちはコンビニエンス・ストアでアイスクリームを買って、高校のプールサイドにしのび込んだ。

「この街を離れる前に、もう一度くらい会ってね」

「うん」

「それから、結婚式には呼ばなくていいよ」

「招待するなんて、ひと言も言っていない」

プールに張られた水は、不自然なまでに透明だった。

「もしも、高校生に戻れたら、君は同じ道をたどる？」

陽射しが積乱雲に隠れていくのを見上げながら、長澤が細い声で訊く。

「たぶん、そうするだろうな」

「そう、わたしは、きっと、……」

「きっと？」

「ねぇ、夕立の前の空気って、やたらと緑が映えるよね」

「他の色はくすんじゃうのにね」

泥のような褐色に染まった空気の中に、樹々の緑色だけが、蛍光色のように浮かび上がっている。

「佳奈ちゃんと君はヘテロで、わたしと君はホモよね」

「そうかな……。考えたこともない」

「わたしは、最近、気づいた。それから、自分は、ヘテロの人よりもホモの人と付き合うべきなんだっていうことも」

ぼくは、黙っていた。夕立がプールの水面をはげしくたたき、ぼくたちは、更衣室の庇の下で、その音を聞いていた。ぼくは、長澤を抱きしめたい訳の分からない気分を抑えるのに必死だった。長澤は、そうできないぼくに、もどかしさを感じていたんだと思う。一日分のスモッグで汚れていた樹々の葉も、陽射しを存分に吸い込んでいたプールの水面も、長澤の寡黙も、すべてが深いエメラルド・グリーンだった。

——*Emerald Green*

PRIMARY WORLD #19

芥子の収穫の特別休暇が終わって一週間ばかり、DWSのエラーを探すのに追われた。エラーを再現させるためには、DWSのステージを進行させなければならない。

ノイマン型のコンピュータであれば、様々なデータ（主に閾値《いきち》前後のデータ）をプログラムに入力して、エラー事象が再現したときの実行結果を解析できる。対して、IDA‐10では、テスト・データを入力すると、それが記録されてバイオ素子の状態が変化するので、エラー原因を特定できない。実生活で間違った（と思われる）選択をしたとき、正しい（と思われる）解を選び直しても、周囲の状況が変わっていて、かえって混乱してしまうのと同じだ。IDA‐10は、同じ時間、同じ状態を再現できない。

DWSの《世界》は、十七番目のステージの途中で、《彼》が研究室の教授からICOTの研究機関の採用通知を受け取った直後だ。そこで、ディスプレイに大きなノイズが入り、ぼくはDWSを強制終了した。

ぼくは、強制終了時の解析作業で、三日後には、ディスプレイの数字も見えなくなるくらいに、目が疲れてしまっていた。いままでにも何度か経験して、その視力低下が一時的なものだと分かっていても、視覚映像の輪郭がぼやけるのは、精神的に追い詰められる。ぼくは、車を運転する自信もなくなって、グリフォンズ・ガーデンの外門まで守衛に送ってもらわなければ、部屋に戻れない始末だった。

「大丈夫？」

由美子は、ぼくの頭を膝の上に置いて、両目を蒸しタオルで覆う。

「うん、気持ちいいよ。タオルも膝枕も」

「最近、ずっと、こんなことなかったのに」

「プログラム自体は単純な構造だったから、エラーが発生するとは思っていなかった」

由美子のやさしいてのひらが、髪をなでてくれる。

「大学は、途中で抜け出して問題なかった？」

「四日前から夏休みよ」

由美子は、「気づいていなかったの？」と言いたげな口調だ。

「そうか……天気予報は？」

「今日は木曜日で、私の当番じゃない。当番だったとしても、明日が晴れるのは、みんな知っている」

「そうか……」

会話が途切れると、部屋の中は遠い街の喧騒だけになった。

「本当に、ひさしぶりだよ。こんなに……」

「一時的なものよ。明日も休んで三連休にすれば、週明けには治っている」

「分かっている。でも、こんなに自信をなくしたのは、ひさしぶりなんだ」

由美子は、しばらく何も言わなかった。

「誰にだってミスはある。だから、気にしないこと」

ぼくは、由美子の膝の上でうなずいて、顔を光の方へ向けた。まぶたの裏が赤く染まる。

「由美子は、情報の対極にあるものって、何だと思う？」

「情報の対極？」

「そう。善なら悪、明なら暗、美なら醜、というように、『情報なら？』と問われたときの回答」

「エントロピ無限大？」

「教科書どおりだね。シャノンの定義した『情報』に対してなら、そういった回答でも十分なような気がする。けれども、ぼくたちが、普段、情報と言うときには、そんな意味で使っていない。『エントロピ・インフィニティ』なんて聞かされると、ジェネシスが新譜でも出したのかと思う」

「そうね。ただ、ニュアンスは分かるでしょ」

「ニュアンスでは、プログラムのエラー解析はできない」

「そうしたら、ストリクトに定義する必要があるんじゃない？　人文科学でも工学でも同じだと思うけれど、『ニュアンスではだめだ』と言われると、それをモデル化する必要が生じて、いまの質問に口を閉ざすことしかできない」

「じゃあ、ニュアンスで話していこう。エントロピ無限大っていうのは、具体的にどんな状態だと思う？」

「人間がネゲントロピを食べられなくなったとき。つまり『死』かな」

「情報の対極を知るためには、死んでみるしか方法がないっていうこと？」

ぼくが話の流れでそう言うと、由美子の腕に力がこめられて、彼女のやわらかい胸に顔を包み込まれる。

「変なことを言わないで。あなたが死んじゃったら、どうすればいいの？」

「自殺しようなんて考えてないから、そんな声を出さないでくれ」

「だって、そんな言い方したじゃない。いつものあなたがそんなこと言ったって、笑い飛ばせる。でも、落ち込んでいるし……」

「大丈夫だ」

「本当に？」

　ぼくは、抱きしめられた腕の中でうなずいた。

「死に近いような状態ってなんだろう？　仮死状態とかじゃなくて、もっと日常的に経験できる範囲のものでさ」

「睡眠とかは？」

「いい例かもしれない。こんな話をしているのは、ぼくは、『情報の自己組織化は、その状態の対極が与えられたときに成立する』っていう仮定を考えてみたんだ」

「ふーん……。わたしは、こないだ、情報の自己組織化の話をした後に考えたんだけれども、その契機は、ダブルバインドにあるんじゃないかな、って思ったの」

「ベイトソンの造語の『ダブルバインド』？」

　由美子が、蒸しタオルをひっくりかえしてくれる。今度は、ひんやりしたタオルが気持ち好い。

「うん、メッセージとメタメッセージの矛盾。わたしは、ダブルバインドを克服しようとする過程が、情報の自己組織の契機かなって思う」

「たとえば？」

「コンピュータはエピメニデスのパラドックスを克服できない」

「まぁ、できないこともないけれども、やろうと思えば困難なことは間違いないね」

「人間の思考は、ダブルバインドを難なく克服しているのよ。克服しているどころか、日常生活で、それを楽しむことだってできる。『わたしの言うことは全部嘘なのよ』って母親に言われても、たいていの子どもは、それをゲームや冗談として受け止められる」

「由美子の言うとおり、必ずしも、人間は論理的な思考を持っていない。それで？」

「もしかすると、そのダブルバインドを楽しむ過程から文脈を作っている、って仮定できないかな」

「いま、由美子の言っている文脈の発生っていうのは、情報の自己組織化の発生と同意と捉えても問題ない？」

「そう。論理の飛躍があるかもしれないけれど……」

「でもね、由美子の仮定をモデル化すると、まったくダブルバインドを与えないまま子どもを育てると、その子どもは文脈を持たないっていうか、文脈を理解できない大人になるんじゃないだろうか。まぁ、極端な話ではあるけれども」

由美子は、蒸しタオルをずらして、頬をふくらませた顔を見せる。ぼくは自分からモデル化を行った過ちに気づく。ぼくが「ごめん」と言うと、彼女は、再び、タオルで視界を覆ってしまう。

ぼくは、DWSに起こったかもしれないダブルバインドについて考えた。DWSの特徴のひとつは、必要性の有無を考慮せずに情報を入力することだった。そのうえで、長期記憶クラスに残される情報にパラドックスが生じない注意をしてきた。それは、学部のときからの癖といってもいい。メタクラスに跨る矛盾をプログラムに組んで、作動中に無限ループを作ってしまったときの苦労は、何度も経験している。

「また、コンピュータのことを考えているでしょ。だめよ、忘れなきゃ」

しばらく会話が途切れると、目の上からタオルを押し付けて由美子が叱る。ぼくは、由美子の顔に手を伸ばして、鼻の輪郭、くちびるのやわらかさ、頬の温かさを確かめた。

「何？」

「目が見えないから、こうやって由美子を確かめているんだ」

「くすぐったい」

「睡眠のことに話を戻すと、由美子は、眠りにつく瞬間を意識したことってある？」

ＤＷＳの《彼》には、リアルタイムの『睡眠』の情報を与えたステージというのは設定していない。睡眠は、常に事後に認識する。「ぼくはさっきまで寝ていた」という情報はあっても、「ぼくはいま寝ている」という情報はない。

「うん。意識を穴の中に落とすような気分。乖離していく意識が見えるって言えばいいのかな」

ぼくは、眠る瞬間というのを意識した経験がない。いつ眠りについたのかは、常に欠如している情報だ。自分の意識を、そんなふうに第三者的な位置から客観したことは一度もない……否、一度だけあるかもしれない。マスターのころ被験体になった、あの感覚遮断実験室の中だ。

そう考えると、ＤＷＳの《世界》が、ぼくのコントロールから乖離し始めてしまった原因も、いくらか推測できる。《彼》を、経営学科の学部生から、認知科学を専攻する大学院生に変更した長期記憶クラスの操作に問題があったのかもしれない。ＤＷＳが、自己組織化しているとは確認できなくても、何らかのエラー状態にあることは間違いない。

ぼくは、ＤＷＳを終了させることを考え始めた。

——*Rarefied Information*

DUAL WORLD #19

就職をすることになって、ぼくの夏休みは急に退屈なものになった。その選択は、息子の学費を払い続ける覚悟をしていた両親に歓迎され、帰省時に佳奈と会うのを楽しみにしていた妹をがっかりさせた。ぼくは、進学に必要だった論文作成の時間を、大学の図書館でＩＣＯＴ関係の論文を読むのに費やした。不思議なことに、ＩＣＯＴの下部研究機関としながら『知能工学研究所』にしろ『セプテンバ・アイランド』にしろ、その名称の研究機関は文献のどこにも記されていない。学術論文をひとつも発表していない研究機関に驚かされる。

ＩＣＯＴが公開している論文にも「知能工学」という単語は出てこない。けれども、教授さえ知らなかった言葉を、ぼくは、どこかで聞いたことがあった。

八月十五日、ぼくは、佳奈の両親と一緒に食事をとることになって、彼女の家へ出掛けた。

「どうしたの？」

玄関で迎えた佳奈は、ぼくのスーツ姿に不思議そうな顔をして小声で訊く。

「正式にこの家に招待されるのって二度目だし、一応……」

ぼくは、居間で待ちかまえているだろう彼女の父親に聞こえないように佳奈に応える。

「わたしと結婚したい、とか言うつもり？」

「そうだったら、まず、佳奈にプロポーズする」

「そうね……」

けれども、実態は、そういう理由で呼ばれたのだろう。

「やぁ、いらっしゃい」

彼女の父親は、そう言って、ぼくを居間に呼び入れた。

「おじゃまします」

「そんなにかしこまる必要もないだろう。初めて入る家でもあるまい」

ぼくは苦笑した。お互いに知っていることのどこまでを口にするのかが、彼と会わなければならないときの難しいところだ。きっと、彼にとっても事情は同じだろう。しばらく、ぼくたちは居間のソファに黙って向かい合っていた。佳奈が、紅茶を運んできて、ぼくの横に座る。

「娘を、よろしくお願いします」

いきなり、彼がそう言って頭をさげたので、ぼくは、かなりあせって、手にしたティーカップをもう少しで落とすところだった。太く自信に満ちた声だった。

「あっ、はい。こちらこそ」

顔をあげた彼は笑っていた。

「こういうのは、先手必勝なんだ」

「そうですか……」

ぼくは、戸惑ったままだった。隣の佳奈も同じような表情を隠していない。

「お父さんっ、まだ結婚するなんて、ひと言も言っていないでしょ」

「佳奈を連れていくのなら、ひとつだけ条件がある」

彼は、佳奈の言葉には耳を貸さずに、ぼくをまっすぐ見て言葉を続けた。

「はい」

「来年の春までに無理というなら、それでも構わないが、結婚をすることを、私と約束してほしい。その自信がないなら、佳奈は札幌に行かせない」

「はい……そのときには、あらためてお伺いします」

「うん、そうしてくれ」

ぼくは、ずいぶん緊張して、佳奈の母親が作ってくれた鰻料理を食べた。その緊張がほぐれたのは、食事が終わって、佳奈と二人で家を出てからだった。

「もうっ、先にプロポーズしてくれるんじゃなかったの？」

「そうだけれどさ……」

「それに、あなたの両親が反対したら、どうするの？」

「駆け落ちするしかないかな……」

「そんなのいや。物事には手順っていうものがあるでしょ」

盛夏の陽射しの下で佳奈が頰をふくらませる。お盆休みの街は、車の往来も少なくて、空も透きとおっていた。

「息子の結婚相手として、佳奈に欠点を見つけられる親はいないと思う」

ぼくは、佳奈の手をとって、空を見上げた。

「ところで、ＩＣＯＴとの面接とかはないの？」

空を見上げているぼくの隣で、手をつないだ佳奈が言う。教授に、電話でセプテンバ・アイランドという研究施設に行くことを告げた後は、直接、ＩＣＯＴとやりとりをしていた。ＩＣＯＴからは十分な年俸が記された契約書案を受け取っているが、それは他言無用だった。

「いまのところ、教授を通して連絡を取るしかないんだ」

「不安にならない？」

「なるよ。でも、博士課程に進学しても、三年後に研究者として大学に残れるかどうかの不安と同じなんだ」

　ぼくは、佳奈の手を引いて、代々木公園の杜を歩き始めた。

「あなたらしいね」

「そうかな。佳奈が一緒に来てくれなかったら、もう少し考えたかもしれない」

「本当に？」

「うん」

「あなたの専攻を、ちゃんと続けられるの？」

「問題ないと思うよ」

　ぼくたちは、代々木公園の小径をしばらく黙って歩いた。

「もしも、あなたの参加する研究が人道的に間違っていることだったら、どうする？」

　佳奈は思い出したように言うけれども、その科白は、彼女が封じ込めてきた質問かもしれない。

「たとえば？」

「人間の脳細胞が必要で、犯罪者を被験体にしていたり……」

「いまの日本では考えにくいと思う」

「だから、たとえばよ。だって、人工知能の研究っていうのは、多かれ少なかれ、そういう危険性を孕んでいると思わない？」

「そうなったら、研究をやめる」

そう言いながらも、ぼくにはその自信がなかった。

「お願い、絶対にそうして。それだけは約束して」

ぼくは、うなずいて、風を眺めた。土用波のような大きな風が樹々を揺らす。佳奈の手を引いて、公園の芝生に腰をおろした。

「目の疲れが取れていく気がする。あなたは、よくコンピュータのディスプレイを一日中見ていて気が狂わないなって、不思議になる」

まだ論文作成の作業が残っている佳奈は、この一週間ほど、ロータス１２３《ワン・ツー・スリー》で統計データを操作するのに悪戦苦闘している。ぼくの感覚では、修士課程を一年半も過ごして、表計算ソフトを使わずに済んできたことの方がずっと不思議だ。

「その代わり、ぼくはＴＶをほとんど見ないから」

「でも、あんな複雑なことを理解しているなんて感心する」

「そうかな。コンピュータを使い始めたときの危険性って、そこにあると思うんだ。コンピュータを使っていない人よりも、自分が偉くなったような気分になっちゃうのがさ」

「どうして？」

「コンピュータにやらせていることは目新しいことじゃなくて、人間のやりたくない単調な作業を肩代わりさせているだけだよ。だから、偉くなったり、進化したりしたわけじゃない。それなのに、偉くなった気分にさせられちゃうところがさ」

「そうかもしれないね」

「それに、複雑なことを理解しているって言うけれど、半導体のことを理解しているわけじゃないってことも大切だと思う」

「どうして？」

「よくバイオ・コンピュータを実現させるためには、『脳神経細胞の仕組みを解明するのが先決だ』っていう意見があるんだけれど、そんな必要はどこにもない。プログラマがみんな、半導体の仕組みを理解しているわけじゃない。分かっているのは、『ある一定の電圧をかけたときに、シリコンやゲルマニウムは決まった反応をする』っていうことだけなんだ」

「そうかもしれないけれど、生物のことよりは解明できている」

「それがそうでもない。大型コンピュータは何百人ものエンジニアが設計図を書くから、システム全体を把握しているエンジニアは皆無に等しい。ソフトウェアにしても、最初は分かっていても、ヴァージョン・アップを何度かしていくうちに、誰にも仕組みが分からなくなっていく。分かっているのは、ある命令に対して、一意の回答を出してくれるブラックボックスがある、ということだけ」

「それは、現代の科学全般に言えるよ。結局、ひとりの人間が理解できる範囲なんていうのは、たかが知れている」

「うん、半導体の代わりに、下等生物で向光性があるものを使ったとしても、それはいまのコンピュータとたいして変わらないと思う。だから、コンピュータを扱えるからといって、偉くなったり進化したりしたと思ったら大間違いだと思う」

「よく分かっていないものに責任転嫁をしているコンピュータ社会って、危険だと思わない？」

「そうだね……」

しばらく言葉をかわさずに、芝生に両手をついて空を見上げた。

「指輪を買いにいこう。婚約指輪を受け取ってほしいんだ」

「それって、プロポーズなの？」

「そうだよ」

「だったら、ちゃんと、そう言ってほしい」

ぼくは、腰を上げて、佳奈の前に立った。

「来年でも、再来年でも、もっと先でもいい。いつか、佳奈と結婚したい」

「わたしも……」

ぼくは、佳奈が顔を上げるのを待った。

「わたしも同じだよ」

佳奈は、スカートについた芝を払いながら立ち上がって、ぼくの手を握る。

「わたしもプレゼントしないとね。就職内定のお祝いもしていない」

「前にも言ったけれど、ぼくは、結婚しても指輪はしないよ」

「でも、代わりに定期入れにわたしの写真を入れておく約束だよ」

その約束は反故《ほご》にしそうだな、と思う。苦笑を隠したぼくを知らずに、佳奈ははしゃいだ表情をする。

「腕時計でいい？　わたしたちが、いつまでも同じ時間にいられるように」

―― *Propose*

ぼくは、週明けの二日間、ＩＤＡ‐10の端末を眺めながら、ＤＷＳを再実行するかを悩んだ。結局、藤野さんを通して、ＩＤＡ‐10の使用領域の初期化を申請した。ＤＷＳの現在の状態が、情報の自己組織化によるものだったとしても、ＤＷＳのアウトプットでは、それを確認できない。それに、週末を含めて三日間、由美子と二人で過ごしたおかげで、だいぶ自信を取り戻していたし、別のアプローチで情報の自己組織化モデルを作製する方法もいくつか頭に浮かんでいた。

藤野さんは、その選択につまらなそうな表情を見せたけれども、それを二時の研究棟のＩＤＡ‐10管理部に伝え、その日の午後には、ぼくの使用領域が初期化されることになった。藤野さんに誘われて、素子板がＩＤＡ‐10から取り外される作業を見に行く。

「あの中には、《世界》が存在していたと思いますか？」

回廊の下に隠れていた機械式アームが、素子板を掴み、中央の円柱から切り離される。二枚のグラスファイバ板を一センチくらいの隙間で合わせた一メートル四方くらいの大きさで、まだ蛍光色のバイオ素子が詰まっている。二、三時間ほどで、蛍光色が鈍くなっていくとのことだった。

「存在していたと思う。わたしたちがそう信じていたかぎり、わたしたちの中には存在していたんじゃないかな」

「そう言ってしまうと、あの素子板の中には存在していなかった可能性を認めることになりませんか？」

ぼくたちは、六時の研究棟の回廊から、機械式アームに支えられた素子板を眺めた。

「情報が、どういう状態でどこにあるものなのか、実際のところは何も分かっていないんだもの。わたしは、心身二元論を信じているわけじゃないけれども、自分の心が身体の中にしか存在しないものだとは考えていない」

彼女は、笑顔で言う。

「ところで、《世界》は、どんなステージだったの？」

「《彼》がＩＤＡ‐10と同じようなコンピュータと出会うために、ＩＣＯＴの研究機関に行くことを、担当教授からオファーされたところです。その後、ガールフレンドにそれを告げるはずだったんだけれど、そこでノイズが入ったので強制終了しました」

「ふーん……。わたしたちの想像しているように、情報の自己組織化が、ある状態の対極を与えられることによって生じるとすれば、いま、この素子板の中では、急速に自己組織化が進んでいるかもしれないね」

「それはどんな世界だと思いますか？」

「きっと、君が最初に意図した世界だと思う」

そうだとすれば、《彼》はやがてこのグリフォンズ・ガーデンを訪れ、三層目の世界を創り始めるかもしれない。そして、ぼくと同じように、どうしようもない懐疑と絶望と孤独を味わうのだろう。

「気になっていたんだけれど、『カナ』ってどんな女の子だったの？」

「ぼくのゆめに出てきた女性です」

「具体的にどんな女の子だったの？　デュアル・ワールド・システムの中では、映像も扱っているんだから、モデルっていうか映像があるんでしょ？」

「作っていないんです。彼女の輪郭や服装の情報は映像を付与しているんですけれど、顔立ちや声の音色については情報しかありません。のっぺらぼうの顔に、中短期記憶クラスで『佳奈の顔立ち』という言葉だけの情報を付加していました」

「他の人も？」

「他のキャラクタは、モデルを適当に設定しています。他の人の顔って思い出せるのに、いちばん身近な人の顔ってなかなか思い出せないですよね。そんな感じです」

「じゃあ、君のゆめの中の彼女は？」

「髪を肩で切り揃えていて、素直な顔立ちで、見れば、彼女だって分かるんですけれども、言葉にできません」

「わたしと似ているの？　君が赴任した日に、そう訊かれたけれども」

「どうかな？　似ていたような気もするけれど、こうやって藤野さんと親しくなってみると、そんなこともないように思います」

「君のガールフレンドには？」

「似ていません。少なくとも、最初の時点では。でも、《世界》を設定していく過程で、どうしても似てきてしまった部分はあると思います」

「ふーん、じゃあ、《世界》の情報の自己組織化は、案外、カナっていう女の子の実像ができあがっていくことだったりして」

藤野さんがどんな意味でそう言ったのか分からない。

「だとすれば、会ってみたかったな」

「そう？」

「彼女に、もう一度、確かめてみたかったことが残っているんです」

ぼくは、藤野さんが六時の研究棟を出ていった後も、素子板の緑がかった蛍光色を眺めていた。別の機械式アームが、素子板に中和剤か何かを注入している。ＩＤＡ‐10を見下ろす柵から離れて、窓の外に目を向ける。五時の沼を渡ってくる風は、涼しく乾いていて、森の香りをいっぱいに運んでいる。その風にあたりながら、「佳奈」という、ぼくだけが知っている女性を考えていた。「世界は所与だから」と、振り向いたぼくに、彼女は確かにそう言った。彼女にめぐりあったのも、最初から決まっていたことなのだろう。

「世界は所与なんだ」

ぼくは、窓の外にいるだろうグリフォンの石像に言ってみた。

ぼくは、素子板が回廊の下に格納されるのを見届けて、由美子と待ち合わせた近代美術館に出掛けた。

「目は大丈夫？」

二十分ほど喫茶室で待たされた由美子は、普段なら文句を言いそうなのに、心配そうな顔をしていた。ぼくは、サングラスをとって笑う。

「もう、いつもと同じだ」

「あまり気にしないことよ。あなたなら、きっと別の研究がうまくいく」

「そうだね」

由美子の言葉に感謝して、きれいに切り分けられたミルフィーユのひとつをつまむ。

「今日が何の日か知っている？」

ぼくが、由美子に結婚を申し込んだ日から、ちょうど一年が経つ。

「日本がポツダム宣言の受諾を表明した日」

ぼくの答えに、由美子が頬をふくらませる。

「この街では、婚約だけして結婚を先延ばしにしている人は、一年ごとにダイヤモンドをプレゼントする仕来《しきた》りがあるんだって、研究室の先輩が言っていた」

「ふーん……」

「一年につき〇・三六五カラット以上ずつ、ダイヤモンドを大きくしないといけないの」

でまかせにしても、「一年につき一カラット」と言わないのが、由美子の現実的な性格を反映している。

「〇・四カラットでいいなら、小さなピアスかな」

ぼくたちは、手をつないで、近代美術館から大通《おおどおり》公園を市街の中心地まで歩いた。

「さっきの話は冗談。ごめんなさい」

宝石店を指差したぼくに、由美子は済まなそうな顔をしている。

「そうなの？　ぼくも、藤野さんから、そういう仕来りがあるって聞いたけれど」

「でも……」

「大丈夫。由美子にダイヤモンドを買うくらいの余裕は、いつも用意してあるよ」

ぼくたちは、しばらく往来の真ん中に立ちどまって、夏風に吹かれていた。

六時の研究棟では、そろそろ素子板の変色が終わるころだ。

「キスしてもいい？」

「ここで？」

「だって、そういう気分なの。わたしたちが、世界でいちばん幸せになれるように」

ぼくは、小さくうなずいた。

由美子のうなじにあてた右手の甲を、夏風のような髪がすべり落ちていく。彼女のくちびるのやわらかさが、身体のどこでそれを感じているのか分からなくなって、ぼくのすべてを包み込んでいく。

公園の噴水の音、人々のざわめき、通りのクラクション、ヘリコプタの羽音。

由美子の心臓の鼓動が、ぼくの奥深くに伝わってくる。

瞬間のような短い時間で、抱えていた懐疑がペトリコールのように消えていく。永遠のように続いた気持ちに、腕の中の彼女がその存在を主張する。けれども、すでに由美子の顔立ちを思い出せない。

ぼくは、何も見えなくなって、何も聞こえなくなって、何も言葉にできなくなって、由美子が腕の中にいる現実だけが、残光のように記憶に焼きついていくのを感じていた。

——*The First Scene*

DUAL WORLD #20

ぼくは、初めて訪れる博物館の大きな円柱の部屋にいた。高い天井からピアノ線でつるされたフーコーの振り子は、午後三時を指してゆれている。

「これは、人間の意識の中を再現した部屋なんですって」

案内の女性が、円柱の裏側の書架に隙間なく収められた蔵書を見上げながら言う。

「すごいな。あの高いところにある本は、どうやって取るんだろう？」

「人間は、脳細胞の四分の一も使っていないのよ。大半の本は、ただ黙って扉を啓《ひら》かれるのを待ちながら、勝手に物語を紡いでいる」

首をかしげたような彼女の後ろ姿から、「そんなことも知らないでここに来たの？」と言いたげな表情を想像できた。

「知らなかった」

ぼくは、スプリングコートの背中で組まれた彼女の手を見つめた。その左手のくすり指には、ぼくが佳奈に婚約指輪として贈ったダイヤモンドの指輪がきらめいている。けれども、彼女は、ぼくの見覚えのない女性だった。それなのに、その事実を素直に受け容れている。

「ここにいると、世界のいちばん奥に来ているような気がしない？」

彼女の声は、透きとおったまま、やがて書架のどこかに反響する。そして、その声はいつまでも書架の間を往復していて、まるで遠い記憶のように、高い天井に滞っている。ぼくは、言葉が反響していく軌跡を見上げていた。しばらくして、ぼくは時間の流れを客観しているのに気づく。高い天井は、プラネタリウムになっていた。

「ところで、ぼくたちは、どの壁から入ってきたんだっけ？」

ぼくは、急に不安になって、部屋を見まわしながら、彼女に訊いた。円形の書架は均一で、扉らしきものはどこにもない。

「あっ、危ない」

振り向いた彼女が、フーコーの振り子にぶつかりそうになったぼくを、抱きかかえるように守ってくれる。

「大丈夫？」

「ぼくは大丈夫。それより、由美子は怪我をしなかった？」

ぼくたちは、身体を寄せ合ったまま、冷たい床に座り込んでしまった。彼女の身体は、驚くくらい軽いのに、やわらかさだけが、奇妙な現実感を伴っている。

「うん。それより、たいへん、フーコーの振り子を狂わせちゃった」

彼女の顔が青ざめている。ぼくは、何が「たいへんなこと」なのか分からない。

「えっ？」

「時間がねじれちゃったら、あなたと一緒にいられなくなる」

彼女が、ぼくの両腕を痛いくらいに掴んでいた。プラネタリウムの発する星明かりの下で彼女の顔を見つめても、顔立ちや輪郭を認識できない。それなのに、全体として彼女は、由美子だった。

「由美子……、君は誰？」

ゆめを見ていたのに気づいたのは、旅客機が北海道の上空に差し掛かってからだった。

「まだ、雪が残っているんだね」

佳奈が、窓に顔を寄せて言う。ぼくは、客室の気圧が上がっていくのを感じながら、ゆめのおさらいをしていた。

「ぼくは、だいぶ寝ていた？」

「うん、一時間くらい。羽田を発って、すぐに寝息をたてていた」

『当機は、まもなく新千歳空港に着陸いたします。地上からの報告によりますと、新千歳空港の現在の天候は快晴、気温は四度……』

ぼくは、リクライニング・シートを起こして、何度か頭を振ってみる。

「寝違えたの？」

「ううん、ゆめを見ていた。天然色のゆめだった」

客室の中央にあるスクリーンに、彼方の滑走路が映し出される。

「どんなゆめ？」

「どこかの博物館で、フーコーの振り子があるんだ。ドーム状の天井はプラネタリウムになっている。案内の女性が『これは人間の意識を再現したものです』って説明してくれた」

「面白そうな博物館。一緒に行きたかったな」

スクリーンの中央で誘導灯が輝いている。

「ゆめを見ているっていう実感がなくて、ずっと現実だと思っていた」

「入館料、ちゃんと払った？」

ぼくは笑った。

「忘れた」

客室の空気が強く攪拌されて、地面の感触が座席に伝わる。耳の中でへこんだ空気が鼓膜を刺激する。人間であるぼくがコンピュータの気持ちを代弁するのはおかしいけれども、磁気ディスクや磁気テープが初期化される感じは、こんなものだろう。わずかな時間、すべての音がかき消された後、ゆっくりと客室の喧騒が戻ってくる。

『当機は定刻どおり新千歳空港に着陸いたしました。本日は、日本エアシステムをご利用いただき、誠にありがとうございます……』

「佳奈は、ゆめの中で知らない人に出会ったことがある？」

「うーん、どうかなぁ。あるような気もするけれど……、博物館を案内してくれた人のこと？」

「うん。しかも、名前まで決まっている」

「なんていう名前？」

「由美子」

佳奈が怪訝そうな顔をする。

「本当に知らない女性なんだ。着陸するまでの間、ずっと考えていた。高校のクラスメイト、快速電車でよく見かける女の人、セブン・イレブンの店員、みんな違う。でも、そのくせ、ひどく現実的なんだ。過去においてインプットされていない記憶みたいに」

名札をつけていたわけでもないのに、ぼくは、彼女の名前の漢字まで知っている。

「考えてみたら、ゆめで人の顔を見ていないかも……。これは誰々の映像だっていう情報が与えられるだけで、顔ははっきりしていない気がする」

佳奈が、シートベルトを外しながら言う。

「そう言われると、そうかもしれない」

ぼくは、立ち上がって、二人分の荷物を降ろす。狭い通路を、スーツ姿の人たちが慣れた足取りで出口へ急ぐ。ドビュッシーの前奏曲集が、客室のざわめきを吸い込む。

「わたしたちも、そろそろ行こうよ」

「お忘れものはございませんか？」

客が引くのを待っていたスチュワーデスが、営業用の微笑みをこぼす。

「ええ、大丈夫です」

佳奈は、先に歩き始めたぼくの左手をとる。

「過去にインプットされていない記憶ってあるかな？」

ベルトコンベアで運ばれてくる荷物を待ちながら、佳奈が言う。

「どうだろうね……」

「そうだとすると、未来においてインプットされるだろう記憶になるんだよ」

「違うと思う。未来においてインプットされ、、、た記憶だ」

――*Möbius Strip*

謝　辞

たくさんの方から、『グリフォンズ・ガーデン』復刊のメッセージをいただき、このたび、文庫として刊行することができました。誠にありがとうございます。この場を借りて、御礼申し上げます。

二〇一八年春分　早瀬耕

参考文献一覧

『情報と文化』　ＮＴＴ出版（1986年）
情報文化研究フォーラム編／松岡正剛・戸田ツトム構成

『コンピュータを創った天才たち』　草思社　（1989年）
ジョエル・シャーキン著／名谷一郎訳

『三人の「科学者」と「神」』　どうぶつ社　（1990年）
ロバート・ライト著／野村美紀子訳

『精神と自然』　思索社　（1982年）
グレゴリー・ベイトソン著／佐藤良明訳
※改訂版が、新思索社より刊行されています

『ネオフィリア』　筑摩書房　（1988年）
ライアル・ワトソン著／内田美恵訳

『水の惑星』　河出書房新社　（1988年）
ライアル・ワトソン著／ジェリー・ダービシャー写真／内田美恵訳
※普及版が、河出書房新社より刊行されています

『認知科学への招待』　日本放送出版協会　（1983年）
渕一博編／著

『「自分」と「他人」をどうみるか』　日本放送出版協会　（1990年）
滝浦静雄著

『世界と反世界』　リブロポート　（1987年）
ハインリッヒ・ロムバッハ著／大橋良介・谷村義一訳

本書は、一九九二年四月に早川書房から単行本
として刊行された作品を文庫化したものです。

未必のマクベス

早瀬 耕

IT企業Jプロトコルの中井優一は、東南アジアを中心に交通系ICカードの販売に携わっていた。同僚の伴浩輔とともにバンコクでの商談を成功させた優一は、帰国の途上、澳門（マカオ）の娼婦から予言めいた言葉を告げられる――「あなたは、王として旅を続けなくてはならない」。やがて香港の子会社の代表取締役として出向を命じられた優一だったが、そこには底知れぬ陥穽が待ち受けていた。異色の犯罪小説にして痛切なる恋愛小説

ハヤカワ文庫

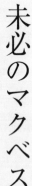

プラネタリウムの外側

早瀬 耕

北海道大学工学部二年の佐伯衣理奈は、元恋人で友人の川原圭の背中を、いつも追いかけてきた。そんな圭が二ヶ月前、札幌駅で列車に轢かれて亡くなった。彼は同級生からの中傷に悲観して自死を選択したのか、それともホームから転落した男性を救おうとしたためだったのか。衣理奈は、有機素子コンピュータで会話プログラムを開発する南雲助教のもとを訪れ、亡くなる直前の圭との会話を再現するのだが。恋愛と世界についての連作集。

二〇一一年〈さわベス〉第一位

エンドロール

鏑木 蓮

映画監督になる夢破れ、故郷を飛び出した青年・門川は、アパート管理のバイトをしていた。ある日、住人の独居老人・帯屋が亡くなっているのを見つけ、遺品の8ミリフィルムを発見する。帯屋は腕のいい映写技師だったという。門川は老人の人生をドキュメントにしようとその軌跡を辿り、孤独にみえた老人の波瀾の人生を知ることに……人生讃歌の感動作（『しらない町』改題）。解説／田口幹人

ハヤカワ文庫

僕が愛したすべての君へ

乙野四方字

人々が少しだけ違う並行世界間で日常的に揺れ動いていることが実証された時代――両親の離婚を経て母親と暮らす高崎暦は、地元の進学校に入学した。勉強一色の雰囲気と元からの不器用さで友人をつくれない暦だが、突然クラスメイトの瀧川和音に声をかけられる。彼女は85番目の世界から移動してきており、そこでの暦と和音は恋人同士だというが……『君を愛したひとりの僕へ』と同時刊行

君を愛したひとりの僕へ

乙野四方字

人々が少しだけ違う並行世界間で日常的に揺れ動いていることが実証された時代——両親の離婚を経て父親と暮らす日高暦は、父の勤める虚質科学研究所で佐藤栞という少女に出会う。たがいにほのかな恋心を抱くふたりだったが、親同士の再婚話がすべてを一変させた。もう結ばれないと思い込んだ暦と栞は、兄妹にならない世界へと跳ぼうとするが……

『僕が愛したすべての君へ』と同時刊行

ハヤカワ文庫

著者略歴　1967年東京生，作家
著書『未必のマクベス』『プラネタリウムの外側』

HM=Hayakawa Mystery
SF=Science Fiction
JA=Japanese Author
NV=Novel
NF=Nonfiction
FT=Fantasy

グリフォンズ・ガーデン

〈JA1327〉

二〇一八年四月二十日　印刷
二〇一八年四月二十五日　発行
（定価はカバーに表示してあります）

著者　早《はや》瀬《せ》耕《こう》
発行者　早川浩
印刷者　草刈明代
発行所　株式会社　早川書房

郵便番号　一〇一 - 〇〇四六
東京都千代田区神田多町二ノ二
電話　〇三 - 三二五二 - 三一一一（大代表）
振替　〇〇一六〇 - 三 - 四七七九九
http://www.hayakawa-online.co.jp

乱丁・落丁本は小社制作部宛お送り下さい。
送料小社負担にてお取りかえいたします。

印刷・中央精版印刷株式会社　製本・株式会社明光社

ISBN978-4-15-031327-2 C0193

本書は活字が大きく読みやすい〈トールサイズ〉です。